戀人吐絮

沾零——著

推薦序

POPO華文創作大賞優選作家　莯寧

大家好，我是莯寧，很高興有這個機會替沾零寫推薦序，同時也恭喜她順利出版了第三本書！

第一次接觸到沾零的文字時，就覺得她的故事夾雜著現實的影子，帶點遺憾、帶點苦澀，而後又讀了其他作品，更是加深了這個想法。

然而在《戀人吐絮》中，我看見了沾零的嘗試與突破，或許是書裡的角色，讓整個故事的氛圍不若以往作品呈現淡灰色。沾零曾說過，她希望這本書營造出的氣氛是溫暖柔和的，我想她是成功了。

一直到看完結局的那瞬間，我的心確實都是暖呼呼的，男主角的個性更讓人看了忍不住嘴角上揚。

儘管風格稍微不同，但在《戀人吐絮》中唯一不變的，依舊是沾零那貼近真實的劇情。

至於是什麼樣的劇情，就得讓大家親自去體會了，相信你們會明白我在說哪段的（笑）。

總之，這真的是一本很溫暖也很可愛的書，推薦給大家！

最後也祝福沾零在寫作這條路上一切順利，期待妳之後的作品，加油唷。

目 次
CONTENTS

第一章　萌芽期

昏暗的演藝廳裡，電吉他的刷弦聲、厚重的貝斯旋律，搭配節奏鏗鏘的爵士鼓——砰、砰、砰，空氣裡的懸浮微粒彷彿隨著節奏跳動著，我坐在位子上，喉嚨早已啞了，感覺額上布滿興奮後沁出的細汗——舞臺最中間的那個男孩，手裡拿著麥克風，以他略帶嘶啞的嗓音讓整座演藝廳都沸騰了起來。

慢慢地，歌曲告一段落，像是綿延的卷軸忽地一收，當爵士鼓敲響最後一個節奏，全場瞬間歸於寧靜，而我的耳膜上彷彿還印著淺淺的鼓譟聲。

主唱的男孩揚起一抹淡笑，對著觀眾說道：「謝謝大家。」

頓時，全場歡聲雷動，用力地拍手，而我也跟著扯開嗓子大叫：「方寅！方寅學長——」我把雙手圈在嘴邊，試圖讓自己的聲音傳得更遠、更嘹亮，想要讓他發現我的存在，想要讓他聽見我為他吶喊的聲音……

驀然，站在臺上的方寅學長抬起了眼，直直看向我這裡。剎那間，我失了聲，就只是維持著姿勢，愣然地與他四目相交。

他是在看我嗎？——還來不及思考這個問題，他就挪開了目光，只留下我獨自失速的心跳。

方寅抿著唇，微笑著，「真的很感謝大家來參加我們的成果發表會。這場發表會將是我們高二最後一次的表演，接下來我們就必須離開熱音社，為了高三的大考而奮鬥……隨著發表會接近尾聲，我想說的是，謝謝所有支持我們的人。與熱音社這兩年來的緣分，是我高中時期最棒的記憶。」

他的話似乎觸動了許多人，只見已經有好幾位熱音社的成員在舞臺旁頻頻拭淚。我看了這樣的畫面、聽著他溫潤低啞的嗓音，竟也覺得眼角濕潤。

雖然我現在才剛要升高二，甚至不是熱音社的成員，但在入學的這一年以來，方寅學長的每一次表演我都有到場支持，為了他吶喊、嘶吼、歡呼……只要一想到接下來兩年的時光裡，再也不能聽見方寅學長的歌聲，我就感覺心臟有些悶疼。

第一次見到方寅學長時，我才剛入學，參加了學校辦的社團博覽會。在社團博覽會上，我一眼就看見那個站在舞臺上唱歌的方寅學長。他的五官深邃、身形高挑、唱歌時的聲音低沉卻純淨，帶了一點嘶啞——從那之後，我的目光就再也離不開他了。

我甚至還為了他，報名參加熱音社的入社徵選，試圖進入和方寅學長同一個社團。雖然最後結果不太理想……但儘管不能身處同一個社團，我依舊喜歡他。我喜歡方寅學長乾淨俊秀的外表、喜歡他低沉悅耳的歌聲、喜歡他站在臺上對觀眾說話時的大方溫柔……我喜歡方寅學長的一切。

我想，這大概就是屬於我的初戀吧。

表演結束後，演藝廳裡的觀眾散了大半，也有些人留下來送學長姊卡片。我把花了好幾天做出來的手工卡片揣在懷裡，心跳如鼓，站在人潮的最末端，忍不住踮起腳尖四處張望，卻始終不見方寅學長的身影……方寅學長去哪裡了？

漸漸地，我的心情從緊張轉為失落——是啊，有那麼多人等著送他卡片，根本輪不上我吧，他現在說不定早就回家休息了……

忽然，我感覺自己的肩膀被拍了兩下，我愣然地轉過頭去。

一張美麗的臉龐映入眼簾，一雙杏眸蘊含笑意，靜靜看著我。

我呆了好一陣子，才終於喊出她的名字：「于、于蘋學姊？」我結巴道。

于蘋學姊是熱音社的主唱之一，歌聲清亮溫柔，而且外表亮眼，人氣絲毫不亞於方寅學長。這還是我第一次這麼近距離看見于蘋學姊，她真的很漂亮……而且，她的身上有一股香味。並不是那種濃厚刺鼻的香水味，反而更接近淡淡的果香。

突然，她嫣唇一彎，露出一個恰到好處的淺笑，用著銀鈴般的嗓音問道：「妳叫做張詠絮吧？」

我嚇了一跳，瞪大眼睛，沒想到學姊竟然知道我的名字。

她看出了我的驚訝，柔聲解釋道：「我還記得妳。熱音社之前舉辦入社徵選的時候，妳有來參加，那時我就在角落看著。」

一聽見于蘋學姊提起那次徵選，我感覺到自己的耳根子立刻燙了起來。

那時候，我剛看了方寅學長的表演，一頭熱就參加了熱音社的入社徵選。因為我完全看不懂樂譜，所以只敢報名主唱徵選，卻沒想到是另一場惡夢的開端……

我站在幾名學長姊面前，用著扭曲的嗓音唱著指定曲，我甚至連上面的英文字都不會唸，乾脆就亂唱一通，單字也是含糊地帶過去——當時我羞窘得不敢看任何人，就只是垂著頭，胡亂地把歌唱完。

沒想到當時于蘋學姊就站在旁邊看……真的是丟臉至極！于蘋學姊說她還記得我，那她到底記得我什麼？是不是我五音不全的歌聲？我伸出手，摀住自己的臉。

「妳的名字很漂亮，所以我就有印象了。」學姊語帶笑意。

我一愣，緩緩放下摀在臉上的手。原來，她對我的印象不是五音不全，而是名字很漂亮啊。我露出一個笑容，小聲地說道：「謝、謝謝學姊。」

「而且我們社團每一次表演妳都會來吧？」于蘋學姊的聲音非常溫柔，「我常常看見妳在臺下。妳常替方寅學長加油，對吧？」

一聽見方寅學長的名字，我的笑容立刻僵住，有種小祕密被發現的羞窘。我心臟撲通撲通地跳著，靜靜盯著于蘋學姊。

「那張卡片，也是要交給方寅的吧？」她看了一眼我手裡的卡片，嘴角掛著淺笑。

我猶豫了一下，最後用力點點頭。

「方寅他一表演完就先離開了。」于蘋學姊說道，又看了一眼我的身後，漸漸斂去笑意，語氣正經地對我說：「妳看，那裡一大群人都是要送方寅卡片的。他們平常很少來看我們表演，卻在這種時候才殷勤地想要在方寅眼中留下好印象。」

我聽不出學姊話裡的情緒，只是茫然地盯著她。她轉回目光，看著我，再度揚起一抹笑，「看在妳這麼支持我們的份上，我替妳轉交卡片吧？」

我先是一詫，接著心中就湧上了滿滿的喜悅，「學姊，妳說真的嗎？」我聽見自己的聲音既雀躍又激動。

于蘋學姊笑得很燦爛，「嗯。把卡片給我吧。」

我把卡片小心翼翼地遞給學姊。但總覺得有點不放心，直直盯著自己耗費心血做好的卡片……

「是親手做的吧？」于蘋學姊同樣望著我的卡片，接著說道：「妳放心，我一定會將它好好送達方寅手中。」

聽見學姊的保證，我不由得鬆了口氣，笑著向學姊道謝。

「不用謝我。」她說，然後看了一眼卡片，像是忍不住好奇，湊到我的耳邊，輕聲問：「不過……學妹呀，這應該不是情書吧？」

我渾身一震，感覺自己的臉頰開始脹熱，我慌張地搖搖頭，「不、不是啦！裡面只寫了要方寅學長念書加油而已……真的不是情書！不是不是！」

學姊挪開了距離，笑著說：「妳別緊張，我是開玩笑的！」她頓了頓，又偏頭說道：「不過，還好不是情書啊。要是我替別人轉交情書給方寅，他肯定氣到不行。」

「方寅學長……也會生氣呀？」我聽了，有點困惑地出聲。在我的印象中，方寅學長雖然待人總是平靜如水，卻也很少板起臉孔。我完全無法想像他生氣的樣子。

于蘋學姊聽了我的話，似乎有些詫異，愣了一下才慢慢地說：「學妹，妳是不是真的喜歡方寅呀？」

我聽了，心臟猛然一抽，睜圓了眼。

她盯著我好一陣子，見我始終沒有回答，恍然大悟地說道：「啊……原來如此。」說完後，學姊先是露出一抹笑容，但很快地，她臉上的笑意就淡了，眼神似乎有些複雜。

但我無暇辨別學姊的眼神是什麼意思。我現在唯一的感覺就只有慌張——她雖然沒有多說什麼，但她很明顯猜出了我的心意。

過了半晌，「每個人都會有生氣的時候啊，方寅當然也是囉。」于蘋學姊重新笑了起來，說道：「老實說，他還滿常生氣的呢。嗯……學妹啊，方寅唱歌很好聽、長得帥氣是沒錯，不過如果真的喜歡他，妳應該試著多去了解他。現在妳把他想得太完美了。」

「什、什麼意思？」

「不多去了解他一點，妳怎麼確定自己是喜歡他、而不是單純崇拜他而已呢？」學姊的聲音很溫柔，卻在我的心中泛起圈圈漣漪。

我聽得有點茫然，眨著眼，一時之間不知道該說些什麼才好。

忽然，遠處有人在叫于蘋學姊的名字。她回頭應了一聲，接著微笑對我說道：「我差不多該走了。場地租借的截止時間快到了，我得趕緊幫忙把東西整理好。再見啦！學妹。」

我沒有回應，只是愣愣地望著她。

直到于蘋學姊已經匆匆離開，我仍是沒有回神。

離開演藝廳後，我回到家裡。一走進房間，就看見書桌上都是雙面膠撕下來的垃圾、還有許多被剪過的圖畫紙，整張書桌凌亂不堪。這全是我為了做卡片給方寅學長而留下的痕跡。

看著這個畫面，我忍不住漾起微笑。只要一想到自己親手做的卡片即將送到學長手上，我就十分興奮。

卡片裡的內容很簡單，只是一些對學長的祝福，希望他能在升學考試裡得到好成績，也期許他在考試結束後能繼續唱歌，帶給更多人感動。

除此之外，我還在卡片上貼了很多學長的照片，那些照片都是我在學長表演時拍下來的。我想透過這些相片告訴學長，一直都有人在默默地支持著他。

我將書桌上的垃圾全部掃進垃圾桶裡，揚起滿足的微笑。

但下一秒，我就忍不住想起于蘋學姊對我說的那些話——「嗯……學妹啊，方寅唱歌很好聽、長得帥氣是沒錯，不過如果真的喜歡他，妳應該試著多去了解他。現在妳把他想得太完美了。」

把方寅學長想得太完美？可是，在我眼中，方寅學長一直都是這麼完美的一個人呀。也正是因為這樣的完美，我才會對他一見鍾情，不是嗎？對我而言，這就是屬於我的愛情。學姊既然不了解我，為什麼要直接否定我的感情呢？

我一方面不願責怪于蘋學姊，可是另一方面卻又不甘心自己的感情被他人這樣輕易地否定。這種矛盾的感覺，讓我心中一陣悶慌，最後只好說服自己別再去想于蘋學姊說的那些話。

＊＊＊

直到日子不知不覺來到八月底，我才猛然驚覺自己大難臨頭——我整個人從床上彈起來，抱住自己的頭，忍不住發出哀號聲。

眼見就快開學了，將有一批新生入學，而開學第一週有個超級重大的活動，事關每一個社團的存亡。那就是，所謂的「社團博覽會」。除了像熱音社這種熱門的社團、根本不需要擔心是否有新生願意加入以外，在這場社團博覽會上，每個社團都必須卯足全力招攬高一新生入社，如果收不到足夠的社員，社團可能會面臨廢止的命運！

我當年試圖加入熱音社失敗後，輾轉選擇了另一個名字看了挺可愛的社團——襪子娃娃社。沒想到誤打誤撞地進入襪子娃娃社後，我竟然在今年成為了社長。

這個職位真是讓我一個頭兩個大。首先，我對縫紉這件事根本沒什麼興趣，每次都是臨時抱佛腳，在交作品前一天才通宵把娃娃縫好，對於自己做出來的襪子娃娃，也只覺得像樣就行。再者，我根本沒有半點領導力，哪能當什麼社長？

但眼見時間已經來到八月……這代表我成為社長後的第一個重要活動很快就要來臨了。

我坐在床沿，忍不住長嘆了一口氣。

雖然我根本不想當社長，但是既然已經被選上了，好歹要保有一點責任心、盡力不讓這個社被廢掉才行。

得在社團博覽會上好好表現呀。我忍不住想著。

有了這樣的覺悟以後，我趕緊聯絡了社團的其他成員，和他們一起討論該怎麼宣傳才好。礙於時間緊湊，我們沒能想出什麼太有創意的宣傳方式，最後決定以發傳單、貼海報和作品展示等方式為主，再加上我們社員的熱情，吸引那些真正對手工縫紉有興趣的學弟妹。

襪子娃娃社裡實在人才輩出。才不到一個星期，我就已經收到社員畫好的宣傳單和海報。即將展示的作品，也順利在開學之前決定好了。

一切準備就緒。現在剩下的，就是在社團博覽會那天積極地宣傳襪子娃娃社！雖然我對襪子娃娃社的熱情並不高，但我仍告訴自己，當天一定要用心招攬學弟妹，絕不能讓襪子娃娃社面臨廢止的命運！

「學弟、學妹！加入襪子娃娃社吧！」我的聲音已經沙啞，但仍努力用著高分貝的音調重複喊著這句話。我身邊的社員們也個個奮力宣傳，不斷遞出宣傳單給路過的學弟妹。每個社員都已滿頭大汗了。

「完全不會縫東西也可以加入的！老師會一步一步慢慢教，包準你進入襪子娃娃社後就變成手作達人，以後還可以賣自己縫的娃娃給別人，這樣能賺零用錢耶！」我一邊向學妹說著，一邊在心裡吐槽自己有夠浮誇。加入這個社以來，我唯一的經驗只有縫娃娃縫到凌晨的痛苦記憶……哪來什麼零用錢？

學妹露出尷尬的神色，一看就是對襪子娃娃沒興趣，但看我講得很開心，所以不好意思直接離開。她訕訕地笑著，瀏覽了一下擺在攤位上的作品，稱讚了一句：「嗯，這些娃娃真的很可愛。」

明明知道她只是在敷衍，但我仍是撐起笑容，繼續用沙啞的嗓音說道：「很可愛對吧！學妹，妳加入這個社以後，一定能縫出比這更可愛的娃娃！」

「好，謝謝學姊……那我先繼續逛博覽會囉。掰掰。」學妹終於下定決心，果斷地對我說道。

我微微一笑，佯裝什麼也不知道，開朗地說道：「好哦！那妳慢慢逛，等妳加入我們社團哦！」

學妹一提腳離開，我臉上堆滿的笑容立刻垮了下來。

「真的是……」我無奈地搖搖頭。路過我們社團攤位的人潮連綿不斷，但大部分的新生只對我們桌上擺的可愛作品有興趣，對縫紉本身則是興致缺缺。只要我們一上前宣傳，他們就立刻逃之夭夭。

我想暫時休息一下，乾脆走到攤位後面，一屁股坐上椅子，拿出礦泉水來喝。過了一會兒，其他社員決定到處發宣傳單，紛紛離開。於是，最後只剩下我在攤位上，和這些中看不中用的娃娃度過空虛的時光。

一直有學弟妹走到攤位前看娃娃，但我不再和他們搭話，只是露出禮貌的微笑。我總覺得比起剛才那種激烈的宣傳，倒不如讓他們慢慢看娃娃……說不定從沒興趣看到有興趣，自然就願意加入我們社團了。

這一批新生看完娃娃後，很快就離開了。攤位前又空了。

我鬱悶地喝了一口礦泉水，不小心手一抖，灑出來了一點。我趕緊從旁邊抽了幾張衛生紙，低頭擦拭桌面。

當我擦完桌子，正準備抬頭時，映入眼簾的是一雙修長纖細的手。

他的手指骨節分明、而且膚色白皙，整雙手彷彿包裹著水霧，既柔和又飽滿。

我看得出神了，一時間忘了抬頭。直到那個人的手將一隻娃娃捧了起來，我才沿著娃娃挪動的目光抬起眼來。

這雙手的主人，竟是個男孩子。我微訝地望著面前的學弟。

他蓄著長度剛好的短髮，幾縷髮絲輕輕落在眉梢。髮色在陽光下是深褐色的，就連眼眸也是。他嘴角噙著淺笑——面前這個男孩的五官雖然算不上深邃，但嘴角才輕輕一彎，眉眼之間就全染上了生動的靈氣和笑意。

看了許久，我仍是沒回過神來，愣愣地盯著學弟。

直到他捧著娃娃，含蓄地問：「學姊，這些娃娃都是你們縫的嗎？」學弟的聲音不高不低，語調溫柔平緩。

我震了一下，這才稍微清醒過來，僵硬地回答：「啊，對。」

「好厲害呀！」他的眼神閃著光芒，直直盯著那隻娃娃，「我也很喜歡縫東西哦。」他的尾音雀躍地上揚。

「真的嗎？」我有點驚訝。這還是我今天第一次聽到這句話。

「是啊！我從考上這間高中後就決定了，一定要參加跟縫紉有關的社團。」

本來這種時候，我該乘勝追擊對他誇耀加入襪子娃娃社的好處，但不知道為什麼，看著他那雙閃閃發亮的眼睛，我竟不知道該說什麼才好。

學弟見我沒回答，才將目光從娃娃上移開，慢慢望向我。當我們四目相交的瞬間，我看見他頓了一下，然後很快地把視線挪開，接著忽然笑了一聲。

「……學弟，你笑什麼？」我困惑地問。難道是我臉上有什麼嗎？我下意識地摸摸自己的臉頰，但是什麼都沒有。

他像是做壞事被識破的孩子，頭猛地一抬，慌張地澄清：「沒、沒什麼啦！」

看見他如此過度的反應，我忍不住噗哧一聲笑了出來。

——算了，不是我臉上有髒東西就行。我心裡這麼想著，於是微笑問道：「學弟，你很喜歡縫紉的話，想不想加入襪子娃娃社啊？」

他先是羞窘地抿了抿嘴，一聽見我的問題，立刻用力點頭，「想，我很想加入！」

這樣又吼又叫一整天，終於讓我聽見這句話，我心中的感動真是難以言喻，回答時聲音不自覺有些顫抖：「那一定要來哦！我等你！」一激動起來，我說起話來一點邏輯也沒有，就這麼脫口而出。

只見學弟愣了一下，然後再度慌張地撇開目光，輕聲說道：「……好。謝、謝謝學姊……」

這個學弟真是奇妙……一下露出可愛自信的樣子、現在卻又是一副含蓄內向的模樣。

「那個……學姊，可以請問妳叫什麼名字嗎？」學弟笑得靦腆，輕聲問道。

我微笑著，語氣高昂：「我叫做張詠絮。」我介紹完後，又接著補充：「不是永續資源的那個『永續』，是『詠絮之才』的詠絮。」

說到這裡，我不禁想起之前和于蘋學姊的那段對話。她曾稱讚我的名字很漂亮。於是，我又不免想起她後來對我說的話：「不多去了解他一點，妳怎麼確定自己是喜歡他、而不是單純崇拜他而已呢？」

那種茫然不安的感覺再次襲上心頭。

我趕緊搖搖頭，將自己的煩惱拋開，轉而問道：「那你呢，學弟？你叫什麼名字？」

「宋彌恩。」他說，咧開嘴笑得很高興，又重複說了一次：「我叫做宋彌恩。」

我看著他爽朗的笑顏，不禁重新露出笑容。宋彌恩這個學弟……真的光是看著，就能讓人感到很愉快啊。剛才的煩惱早已消失無蹤。

「學姊……我該走了，還有好多社團沒逛。」宋彌恩對我說道。

我微笑點頭，「嗯，快去吧。」

「啊但是，」宋彌恩像是想起什麼，緊張地開口：「詠絮學姊，妳放心，我一定會加入襪子娃娃社的！我只是去逛逛其他社團而已！」他伸出手，將原本捧在手心的娃娃遞給我，語氣正經八百。

我噙著笑意，「是，知道了！謝謝你。」說完，我伸手接過他手裡的娃娃，上頭似乎還殘存他手心的溫度。
宋彌恩重新笑了起來，用手搔了搔頭，有些不好意思的模樣，「那、那我走囉。謝謝學姊！」
他邁開腳步，一邊往前走著，時不時就回頭朝我揮揮手。
我依舊微笑著，伸出手揮了揮，直至他的身影完全消失在我的視線範圍裡。
宋彌恩。這一刻，我的腦海裡好像只剩下這個名字，還有手心猶存的那點柔軟餘溫。

＊＊＊

社團博覽會的隔天早上，我因為嗓子還有點沙啞，所以沒急著和同學聊天，就只是坐在位子上發呆。
忽然，廣播器響了，傳來老師的聲音：「教務處報告：今明兩日為高三的第一次學測模擬考，請高一和高二的學生在下課時間不要大聲喧嘩，也儘量不要經過高三教室。謝謝大家。教務處報告完畢。」
聽著這則廣播，我才知道原來今天是高三的模擬考。我下意識抬頭，望向窗外。遠處那棟樓的最高層，就是三年級的教室。
希望方寅學長能夠順利拿到好成績。
雖然我並不曉得他平時的成績如何，但像他這麼優秀的一個人，想必學業方面也能取得很高的成就吧。

想到這裡，我微微一笑。

緊接著，我忍不住想起自己那張連夜趕出來的手工卡片。當時，于蘋學姊再三保證她會好好把卡片送達方寅學長手中……她有沒有遵守諾言呢？

雖然于蘋學姊也是我非常崇敬的人，但每當想起她說的那些話，我總覺得她是在質疑我的初戀……這讓我覺得有些挫折，也因此對於她所承諾的事，無法全然地信任。

這種對她既崇拜又懷疑的矛盾心情，讓我再度陷入沮喪。

就這樣胡思亂想了一陣子，上課鐘聲很快就響起。與此同時，遠處那棟樓也隱約傳來搖鈴聲──那是宣布模擬考開始的鈴聲。

雖然只是模擬考，但你一定要加油呀，方寅學長。

我望著那棟樓，嘴角不自覺重新彎了起來。

下午第七節下課時，我和幾個襪子娃娃社的成員一起去學務處──新生的社團選擇結果已經公布，現在到學務處拿社團點名簿，裡頭就會有新的社員名單。

當我們走入學務處時，已經有不少其他社團的同學在翻閱自己社團的點名簿了。我緩緩走過人群，偶然瞥見了其中一個同學，他手上的點名簿寫著斗大的「熱音社」三個字。沒來由地，我心臟一跳。

即使方寅學長已經不在熱音社了，但只要看到和他相關的事物，我仍忍不住怦然心動。

「詠絮！妳在發什麼呆呀？」社員的聲音傳來，似乎帶了點笑意。我這才回過神來，輕輕一笑，「哎呀！抱歉抱歉！」說完，我便趕緊跟上他們的腳步。

我們花了一點時間，才從一堆公文夾裡找到屬於襪子娃娃社的點名簿。

「詠絮，妳是社長，交給妳打開吧！」其中一個社員說道，語氣略帶緊張。我這才反應過來，大家都對結果感到不安……

是呀，該要緊張的，若是招攬進來的新生太少，我們恐怕就會被廢社了。

想到這裡，骨子裡那一點對這個社團的責任心，使我也有些忐忑了起來。我小心翼翼地翻開點名簿。

翻開簿本的瞬間，我的目光立刻被其中一個名字吸引過去——

宋彌恩。

看見這個名字，我腦海中第一個浮現的，是社團博覽會那一日的陽光。再來是他那雙漂亮的手。最後，是他那抹靦腆的微笑。

「喔喔喔！太好了！」社員雀躍的聲音傳入耳中，我才從思緒中清醒過來，仔細看了名單上的新生。

一、二、三……六個。我們竟然招到了六個新生！雖然數量上看起來並不多，但這樣的新生人數，已經勉強超過了人數下限，也就是說：我們度過廢社危機了。

我鬆了口氣，笑著和大家擊掌歡呼，「太好啦！我們不會被廢社了！」我歡快地說著。

擊掌完後，我試圖平復心情，於是低下頭來，再次翻閱點名簿。

我的目光仍然定在「宋彌恩」三個字上頭。心中有一種細細癢癢的異樣感覺。

雖然成為社長，是出乎我意料之外的事……但現在想起即將到來的社團課，我似乎也不那麼排斥了。

眼看快上課了，我對大家說道：「明天社團課一起加油啦！我們趕快回去上課吧！」

大家點點頭，一邊打鬧著一邊回自己的教室。有幾個社員的班級和我在同一個方向，因此我們一起走。

「對了，剛剛我好像在名單上看見一個男生的名字耶！真是太稀奇了！」其中一個社員這麼對我說道。

我微微一愣，「妳說的是宋彌恩嗎？」

「對呀，就是那個名字！不過這名字看起來挺中性的，說不定是個女孩。」

「他是男生。」我說，「但是很可愛。」我忍不住想起宋彌恩那天對我露出的靦腆笑意。

「社長，妳見過他？」社員偏頭問道。

我點點頭，「社團博覽會那天，我跟他有聊一下。」

「那一定是社長說服他的吧！」社員笑咪咪地說，「詠絮，妳實在太厲害了！選妳當社長果然沒錯。」

我不好意思地搔了搔頭，「太誇張了啦！他本來就滿喜歡縫紉的。」

「但我們學校跟手工縫紉相關的社團也不少啊，還有刺繡之類的。他會選擇加入襪子娃娃社，肯定也是被妳說服了！」

我聽著她的話，不禁揚起微笑。

我說服了宋彌恩嗎？我想起那日的光景，是他筆直地走到我面前，捧起其中一隻娃娃，用著真摯認真的語調對我說，他也很喜歡縫紉。

與其說是我說服了他——不如說是他那雙閃閃發亮的眼睛，說服了我。

「欸欸，詠絮！」突然，身邊的社員戳戳我的肩膀。

我回過神來，困惑地問：「幹嘛突然叫我？」

她伸出手指，指向前方。「妳看，那不是高三的方寅學長嗎？」她的語氣有點驚訝。

聽見關鍵字，我感覺自己全身汗毛都立刻豎了起來，心臟也抖了一大下。我循著她手指的方向望去。

他就站在那裡。像每一次登臺演出時，慵懶愜意地站在那裡，拿著麥克風、唱著動人的歌曲。

我試圖平撫自己內心鼓譟的心跳聲，轉頭望著社員，故作鎮定地問：「嗯，是方寅學長啊。有什麼不對嗎？」

「是沒什麼不對啦……」社員茫然地搖搖頭，「只是，他站的地方是妳們班前面耶！感覺是想找誰……我有點好奇而已。」

我們班前面？我一驚，立刻轉過頭去，卻驀然與方寅學長四目相交。

這一瞬間，我腦子已然空白一片。只餘下心臟撲通撲通的聲音，在我耳畔縈繞不去。

方寅學長的眼神，有一瞬的停滯，而後平靜下來——最後，慢慢地浮現笑意。

「妳就是張詠絮……對吧？」我的名字，在他的薄唇之間飄盪，然後他又繼續說道：「妳有空嗎？我想跟妳談一談。」

最後，方寅學長揚起淺笑，靜靜等待我的回答。

他光是站在那裡，都能令人目眩神迷……何況是對我微笑？

於是，我的心跳，已然給予回覆。

＊＊＊

今天發生的一切，就像做夢一樣。

而在這個夢裡，方寅學長向我道謝，說他透過我的卡片獲得很大的動力，不管是考試還是音樂，都會繼續加油。

以及，在這個夢裡，最不真實的，是他對我說：有空一起出去吧。

一起出去，那不就是約會的意思嗎……我猛然一驚，睜開雙眼，發現自己身處在黑暗之中。接著意識到，我在自己的房間裡。

一股不安的感覺襲上心頭，我立刻從床上跳起來，拖著身子去開電燈。

電燈才剛亮起來，我就立刻湊到書桌前，拿起自己的桌曆一看。這個星期六，被我用紅筆畫上了一顆星星。

我忍不住鬆了口氣……幸好，這不是夢。我真的要和方寅學長去約會了！就在這週六！

我抱住自己的膝蓋，把張揚的歡呼聲埋藏在雙膝之間，卻仍抑制不住嘴角的燦爛笑意。

雖然我們約的地方是圖書館，不怎麼浪漫，但對我來說，這根本無所謂，能和方寅學長單獨相處，這是我本來想都不敢想的——沒想到，幸福會來得如此突然，去哪裡又有什麼關係呢？

我將電燈重新關上，躺回自己的床上，卻久久沒有睡意，心臟跳得很快，我感覺自己全身都在發燙。

我好像，興奮過頭了啊……

隔天早上，我在公車上差點睡過站，我驚險地在司機準備開車前往下一站前醒過來。我狼狽地喊了一聲：「司機我要下車！」最後跌跌撞撞地在其他乘客含笑的視線裡下了車。

我瞇著眼睛，睡意尚未全消，蹣跚地走在通往學校的路上。因為昨天睡得太少，現在渾身都有種輕飄飄的感覺。

即使如此，我的心情依舊明亮清爽，就像持續做著一場令人饜足的美夢。

我走得很緩慢，心情漸漸平復下來。我抬頭開始欣賞沿路風景，也看了看其他在路上與我穿著同樣校服的學生。

有些人手裡提著早餐店的塑膠袋，飄來陣陣香氣，我微微一笑。

也有人肩上背著吉他，我忍不住就想起方寅學長，心中一蕩。

——等等，吉他？我一頓，停下步伐，有些愣然地盯著背著吉他經過的同學。

有人帶了吉他來上學，那不就代表……我下意識摀住自己的嘴巴。

我竟然忘了，今天有社團課！我心中既震驚又崩潰。

今天是我以社長身分出席的第一堂社團課，我竟然現在才想起來。雖然我不必特別做些什麼，但一想到自己要站在臺上化解大家僵硬的氣氛，我就感到一陣胃疼。

我張詠絮，天不怕地不怕，最怕的就是尷尬。今天，有六個新生要加入我們社團，他們彼此都將是初次見面……那氣氛該會有多尷尬？

這就算了，更糟的是身為社長的我，必須化解這樣的氣氛——

我摀住自己的臉，痛苦地哀嚎了一聲。果然，幸福是不會持續太久的呀……

＊＊＊

「嗯……大家好。」我站在講臺上，雙眼直視前方，連手都不知道該放在哪裡，最後只好緊緊攥著衣角。

臺下一片寂靜，新生們正襟危坐，等著我發話；而原本的社員們，也只是露出微笑，等待我繼續說下去。

「我是這個社團的社長，我叫張詠絮，以後大家有什麼問題都可以來找我……」

臺下依舊一片沉默。

現在的氣氛令人手腳蜷曲，超級尷尬。我忍不住在心裡崩潰吶喊。

我硬著頭皮，向大家介紹了社團裡目前的幹部：負責每堂課點名的副社長、教大家縫製娃娃的教學長、還有和其他學校社團交流的公關長。我們社團規模較小，就只有這幾種幹部，很快就介紹完了。

接著，我又介紹社團老師。社團老師是我們學校一個家政科的女老師。這位女老師不怎麼管事，她對我們僅有的要求，就是準時出席、準時交出成品。

我因為有點緊張，所以講話的時候眼睛一直看著前方，很少往兩邊看去。

——突然一個瞬間，我右半邊的身子，傳來一股酥麻微癢的感覺。從臉頰的肌膚，悄然蔓延至胳膊，像有羽毛在輕輕搔弄。

我下意識地抬眼，看向自己的右手邊。於是就這麼撞進了他溫柔如水的目光裡。

是宋彌恩。

他把手輕輕地搭在下巴，聚精會神地聽著我說話，同時用一種柔軟且明亮的眼神凝視著我。

這剎那，我突然忘了言語。

我驟然就想起這麼一幕——我在昏暗的演藝廳裡，聲嘶力竭喊著方寅學長的名字。而他在某個瞬間，似乎感應到了我的存在，輕輕抬起目光，瞥了我一眼。

為什麼會突然想起這件事呢？我輕輕蹙起眉頭。

宋彌恩察覺了我的異狀，眼裡閃過一絲困惑。然後，他的眉眼漸漸染上淡薄的笑意，彷彿是一種極為靦腆且含蓄的鼓勵。

他在鼓勵我不要緊張？

我嘴角輕輕漾起微笑，接著重新振作精神，把話繼續說完。原本的緊張感似乎已經消逝不少，我比剛才多了幾分從容，說話也更加流暢。

當我重新望向宋彌恩時，他的目光已經不在我身上，反而是輕輕摀住自己的臉、垂下頭來。

他在做什麼？我心裡一陣疑惑。

接著，我就看見他露出的兩隻耳朵，慢慢地染上霞紅。

我稍微回過神來，發現自己要說的話也已告一個段落，因此我轉頭望向指導老師，說道：「老師，我說完了。」

老師輕輕點頭，從椅子上起身，走向講臺。我將麥克風轉交給老師後，便緩緩踱下臺。

我經過了宋彌恩的位置，而他依舊維持著剛才那個姿勢，我不禁失笑。到底有什麼事，值得他害羞成這樣呀？

宋彌恩笑起來的時候，總給人一種開朗明亮的感覺。但現在看到他這副模樣，我忍不住想，也許他個性挺內向的？

忽然，宋彌恩抬起頭來。我莫名一陣驚惶，還沒等他與我視線相對，我就先邁開步伐匆匆地離開。

直到坐在離他有些距離的位子、看著他留著蓬鬆短髮的後腦勺，我才有些納悶：自己剛才為什麼要倉皇離開？

「謝謝社長剛才替我介紹了社團的大小事。」指導老師的聲音傳來，「我在這裡會教大家做一些可愛的襪子娃娃，每次都有不同的主題。下一次上課，我要教大家做的是……」老師一邊用投影機亮出圖片，一邊向大家解說。

「好了，以後每次上課，大家都要帶乾淨的襪子、針線包、剪刀和棉花過來。知道了嗎？」

大家齊聲回答「知道了」，鐘聲也在此時響了起來。

「下課吧。」老師說道。

聽見這句話後，大家紛紛站起來。

新生們很自動地聚在一起，有一搭沒一搭地聊著。

我看到這一幕，不自覺露出微笑。我並沒有急著站起來，反而是坐在位子上，靜靜地看著他們聊天。

站在中間的宋彌恩很顯眼。他說話的時候，會認真地盯著對方，不時點頭，然後在適當的時機點發話。

他和其他人聊天時的樣子非常從容。後來也不知道說了什麼，逗得大家都笑了，氣氛也逐漸變得熱絡。

我的手指輕輕敲著桌緣，目光始終沒有挪動，心中越來越好奇。現在站在眾人中間的宋彌恩，看起來如此大方從容，但他和我說話時，卻總是靦腆含蓄的模樣。他到底是個什麼樣的人呢？我微微偏頭。

忽然，宋彌恩看向我，然後深吸了一口氣，緩緩邁開步伐朝我走來——

「學姊。」他喊了我一聲。

「……嗯？怎麼了？」我眨了眨眼睛，仰起頭，不明所以地望向他。他的臉此時是逆著光的，但我卻依然能看見他那雙晶亮的眼眸。

「我來了。」他說。

「啊？」我聽得一頭霧水。

但很快地，我就明白了他為什麼對我說這句話——是社團博覽會那一天，我一時激動，對他說：「那一定要來哦！我等你！」

想起這件事，我恍然大悟，然後不禁笑了出來。

宋彌恩看著我，也慢慢地露出微笑，但微笑的弧度始終含蓄。看見他這個樣子，我忍不住就多問了一句：「現在你來了，應該沒對這個社團失望吧？」

宋彌恩臉上笑容一頓，接著語氣認真地說：「不，當然沒有。」

他說這句話的時候，雙眼直直盯著我。而我彷彿能從他晶亮的眼眸裡，窺見自己的倒影。

＊＊＊

鬧鈴還沒響起，我就已經先睜開了眼睛。刺眼的陽光讓我下意識瞇了瞇眼，但這卻沒讓我放棄起床的念頭——我很快地從床上坐起身，拍拍自己的臉頰，睡意也跟著消退。

我第一時間望向桌曆。遠遠地就能看見今天的日期被紅筆畫了一顆顯眼的星星。

——今天，就是我和方寅學長一起出門的日子了！

我把手機拿來，點開聊天軟體，接著打開其中一次的聊天紀錄。

寫著「方寅」兩個字的帳號，傳了一句簡短的訊息給我：「明天圖書館門口見了。」他甚至沒有加上任何表情符號，但光是盯著螢幕上這句話，我彷彿就能看見空氣裡有彩色的光點在旋轉跳動，那樣地令人目眩神迷……

而我昨晚是這麼回覆的：「好。」短短一個字，卻承載著我滿心的激動和雀躍。

我不禁掩住嘴角，低低地笑了幾聲。

將手機放回原位後，我慢慢地爬下床，但腳才剛一伸出去，就立刻踩到了東西。

我探頭看去，只見地上一片凌亂，有印著各種圖樣的T恤、襯衫、裙子和褲子……我後知後覺地想起，這全是我的傑作。

昨晚，我剛回覆完方寅學長的訊息，就立刻興高采烈地跑到衣櫃前，挑選我和方寅學長見面時要穿的衣服。

一開始，我先拿了一件素雅的T恤，隨便搭了一件牛仔褲，但看來看去，總覺得有點太樸素了，於是我又從衣櫃裡挑了幾件其他的衣服。

然而，不管我怎麼搭都不滿意，甚至越來越煩躁，幾乎把整個衣櫃都倒過來了……最後，我乾脆挑了原本的那件T恤和牛仔褲。

我一邊走，沿路一邊撿起地上的衣褲，一件一件摺好後放進衣櫃裡。

我在廁所裡花了很長的時間，仔細地刷過每一顆牙、認真地把臉上每一吋肌膚都搓洗乾淨，最後拿起梳子，將亂翹的頭髮全都梳整齊了。等我從廁所出來時，時間已經沒剩多少——我拿起包包，匆匆地出了門。

走在路上，我隱約感覺自己下腹一陣沉重，我伸手揉揉自己的下腹，卻覺得它沉得更厲害了……大概晚點就會緩解了吧？我這麼告訴自己，所以並沒有多想。

我一邊走、一邊注意時間，深怕自己走得稍微慢了些就會遲到，讓方寅學長留下不好的印象。

不知不覺，我已越來越接近圖書館門口。我到這一刻才有點慌張了，停下腳步，用手梳了梳頭髮，又把手機拿出來，開啟自拍功能，看看自己有沒有哪裡沒整理好的，確定一切都完美無缺後，我放下手機，感覺自己的心臟正在猛烈地跳動著，連呼吸都有些紊亂——我深吸了一口氣，試圖讓自己冷靜下來。直到平復了心情，我才重新邁開步伐，走向圖書館門口。

方寅學長一直都是個耀眼的人。他身形頎長，儀容乾淨，還擁有一張俊秀的臉龐，即使是站在人群之中，也能讓人一眼察覺他的存在——此刻，我心儀的方寅學長，就站在那裡，姿勢隨性自然，有種慵懶的性感。我心臟跳得更厲害了，但我仍故作鎮定，慢慢地朝他走去。

他察覺了我的到來，抬頭看了我一眼，然後站直了身子，對我淡淡一笑。看見這抹笑，我竟有些恍神——學長的笑容總是疏淡如水，給人一種冷淡的錯覺。但光是看見他這樣對我微笑，我就已然感到受寵若驚。

「學長，早安。」我舉起手，僵硬地揚起微笑、僵硬地打了招呼。

此時，他依舊揚著淺笑，開口問我：「吃過早餐了嗎？」

我愣了一下，突然不知道該怎麼回應。

是不是，只要站在喜歡的人面前，連一個簡單的問題都會令人手足無措？我絞盡腦汁，在短短幾秒內分析了情勢，設想自己該怎麼回答才會產生對自己最有利的情況、讓方寅學長對我留下最好的印象……

然而，還沒等我回覆，學長就自己開口了：「我還沒吃。」他一句簡單的答覆，就讓我重新陷入焦慮──他說他還沒吃，那我該說什麼啊？我皺起眉頭。

「呃，我也……還沒吃？」我試探性地說出口，到了最後竟變成了不確定的問句。我一說出口就後悔了，恨不得賞自己一巴掌。

但學長似乎沒有察覺我語氣裡的不對勁，反而對我說：「那我們先去吃早餐再回來讀書吧。這裡附近有很多家早餐店。」

沒想到會得到這個答案，我有些驚愕。

還沒等我回過神來，學長就已經往前走了幾步，然後回頭看了我一眼，問道：「怎麼不走？」

「哦、好！」我抓好包包，小跑步跟了上去。

好不容易追上了方寅學長，我就聽見身側的他低低笑了一聲……我睜大眼睛，抬眼望去。方寅學長把手掩在嘴角處，而我仍能隱約可以看見他上揚的嘴角。

──我、我剛剛是逗笑他了嗎？我心中的震驚，實在難以言喻。

我在方寅學長的帶領下穿梭了幾條巷子。隨著步伐的擺動，我下腹的沉重感仍是沒有消退，反而有種加劇的錯覺。但現在，我正在和方寅學長並肩同行呀，我根本無暇去想這件事，只覺得渾身的神經都繃緊了，深怕踩錯一個步伐，就會在方寅學長面前出糗。

我們抵達了一家早餐店，方寅學長隨意選了一個位子，而我就在他對面坐下來。

這家早餐店規模不大，整間店混雜著食物的香氣、以及濃烈的油煙味。在今天以前，我根本無法想像方寅學長會出現在這種地方……畢竟，他渾身都散發著高貴清新的氣息，實在很難把他和充滿油煙味的早餐店聯想在一起。

「妳要吃什麼？」學長問。他似乎已經想好要吃什麼了。

「那就……玉米蛋餅好了。」我說完後，拿出錢包，準備把零錢掏出來給他，卻突然被他揮手阻止了。

我疑惑地盯著方寅學長，卻聽他淡然地說：「吃個早餐都要女孩子付錢，這不是我的作風。」

我愣了一下，遲了好一陣子才明白他在說什麼。他是說，他要請我吃早餐？我雙頰不禁一熱。

「不行啦！」我著急地說，「學長，你沒必要請我。」

「沒事。」學長微微一笑。

可惡，看到這抹笑，我又忍不住恍神了……

等我回過神來，方寅學長已經起身去點餐付錢了。我頓時頹靡了下來，用手摀住臉，暗嘆自己的不爭氣……學長只是客套說要請客，我竟然就這樣讓他請了？學長會不會覺得我很嬌氣、很不懂得交際應酬？——正當我還在胡思亂想時，學長已經回來了，嘴邊依噙著一抹淺笑。

「怎麼了？」他笑問。

「沒、沒什麼。」我搖搖頭，擺出若無其事的姿態。既然都讓他付錢了，現在再多說什麼都只是矯情而已。

學長輕輕應了一聲，然後開啟了新的話題：「對了，學妹，妳現在是什麼社的？」

「我現在是……襪子娃娃社。」怎麼覺得我的社團有些難以啟齒呀？襪子娃娃社，學長會不會覺得很幼稚呢？我小心翼翼地觀察著學長的反應。

幸好，方寅學長聽見我的社團名稱，並沒有什麼特別的表情，這讓我暗自鬆了口氣。

「那是做什麼的？」學長問。

「就是，用襪子縫娃娃。」我答得簡單，事實上這就是襪子娃娃社的全部內容了。

聽了這句話，學長突然皺起眉頭，這讓我心臟一跳。怎麼了？有什麼不對勁嗎？

「聽起來……似乎不太衛生。」

我立刻慌了起來，「不！不會！」我激動地說道，緩了一口氣，又繼續解釋：「我們都會用新的襪子，不會拿穿過的來縫……」

「原來。」學長恍然大悟，鬆開了眉頭。我的心臟也彷彿跟著他這個神情變化落了地。

「對了，抱歉第一次約妳出來，就是去圖書館。」方寅學長說道。

我微微一愣，慌忙開口：「沒關係的！我很喜歡圖書館啊……而且，學長也快要大考了，去圖書館念書比較安靜。」

我答完，忍不住又仔細回想了方寅學長剛說的話——他說「第一次約妳出來」，所以是指……可能還會約我第二次嗎？我渾身一震，驚訝得腦袋一片空白。

方寅學長露出淺淺的笑，「詠絮學妹，妳還真是善解人意。」

本來情緒就已經處在高漲狀態，再聽了這句話，我感覺自己臉頰都要燒起來了。我忍不住用雙手緊緊攥著T恤下襬。

這時，早餐店老闆娘端著兩個盤子走過來，應該是我們點的餐來了。我忍不住把目光湊過去，想看看方寅學長點了什麼……卻見老闆娘手上端的兩個盤子，上面都是蛋餅。

我心中一震，偷覷了方寅學長一眼。

「你們點的兩盤玉米蛋餅來了。」老闆娘一邊將盤子放到我們面前，一邊提醒道。

竟然都是玉米蛋餅。到底是剛好學長也想吃玉米蛋餅，還是……我在心裡嘟噥著，越想越激動。

「怎麼不吃？」學長問。

「沒事。」我故作鎮定，拿起筷子，低頭吃了起來。

突然，「學妹。」方寅學長的聲音傳來。

我還咬著蛋餅，茫然地抬起頭，看向他。

「乾脆，下次也給我做一個吧。」

「……什麼？」

「妳說的那個襪子娃娃。」

「真、真的？你真的想要？」我不敢置信地問。

方寅學長聳聳肩，「其實，我只是隨口說說……」

「不！」我開心地喊道，「學長想要的話，我當然縫給你！」我笑嘻嘻地說。

學長沒有回答，只是輕輕點頭。

我們又重新埋頭開始吃蛋餅，忽然有個疑問浮上心頭，我實在按捺不住，於是開口：「學長，我能不能問你一個問題？」

「嗯？」他已經吃完蛋餅了，隨手抽了一張衛生紙，擦拭嘴角。

「就是……你怎麼會想約我出來？」我問這句話的時候，彷彿能聽見自己驟然加劇的心跳。

只見學長動作一滯，明顯是愣住了。過了半晌，他才恢復泰然神態，將衛生紙往空盤上一丟，反問我：「妳覺得呢？」他的語氣突然變得有些微妙。

這句回答，有點出乎我的意料。我睜大眼睛，一時沒有反應。

學長突然笑了，但那抹笑容卻隱約有著我從未見過的情緒，有點無奈，又似乎有點戲謔……

「……我不知道。」我困惑地說。

但學長卻顯然想要跳過這個話題。「妳還剩最後一塊蛋餅，趕緊吃完吧。」他說。

我應了一聲，雖然心裡還很納悶，但也不敢再追問下去，只好聽學長的話，立刻把蛋餅吃完。

從早餐店出來後，我們回到圖書館。

學長自己找了個位子讀書，而我則在書櫃之間穿梭，漫不經心地逛著圖書館，腦海裡不斷迴盪著學長剛才在早餐店裡說的話。

他所說的每一句話，於我而言都是值得細細回味的。然後，我就想起了他叫我下次也幫他做一個娃娃。我的臉馬上就熱了起來。他竟然……想要收到我做的襪子娃娃？我躲在圖書館的角落裡，無聲歡呼著。

最後，我隨手挑了一本詩集，是任明信的《光天化日》。

我走到方寅學長身邊坐下，把書攤開放在桌上，靜靜地翻閱。

突然，我眼前多了一張紙條，我將紙條拿起來一看，上頭寫著：「待會有想去哪裡嗎？」我在心裡把這句話唸出來，不知怎麼地就覺得很甜蜜……我揚起笑容，看向方寅學長。他的表情沒有什麼變化，依舊是平靜清冷的模樣。

他將自己的筆放到我面前，似乎是要我回覆。我拿起筆，上頭還有方寅學長手指的餘溫，我的臉默默地燒了起來。

我在紙上，一筆一畫，試圖用生平寫過最美的字回覆他：「哪裡都好。」只要能和方寅學長在一起，不管哪裡都很好。

方寅學長伸出手，將紙條收攏在手掌之間，然後朝著我點點頭，表示明白。我看見他的指節上有著薄繭，我猜是他練吉他所留下的痕跡——其實，方寅學長不只會唱歌而已，吉他、貝斯和爵士鼓都難不倒他。外表滿分、風度滿分、才華滿分……這麼完美的一個人，到底要我怎麼不喜歡他呢？

「對了，妳的字很特別。從之前收到妳的卡片就這麼覺得了。」方寅學長在紙上寫下這麼一句話。

我輕輕彎了一下唇，心中卻是喜出望外——學長竟然喜歡我的字呀！真是太棒了！

我的字是一種混和可愛與隨性的風格，常常有人誇我的字既特別又漂亮，而且一看就知道是我寫的，辨識度極高。或許也是這個原因，我很喜歡寫卡片送人，抽屜裡就有一堆萬用卡片，隨時可以派上用場。

正當我胡思亂想的時候，我突然感覺有些奇怪。當我抬起眼時，映入眼簾的就是方寅拿著手機、對準剛才我們互傳的那張紙條。

我張大嘴巴，驚訝地盯著方寅學長。

他已經放下手機，用嘴形對我說：「妳看看。」然後，他把手機轉過來，讓我看見手機裡的照片。照片聚焦在我寫的那一句：「去哪裡都好。」

因為衝擊太大，我完全不知道該做何反應，只是震驚地望著學長。

他為什麼要拍我寫的這句話？

學長若無其事地把手機轉回去，開始滑手機，又輕點了螢幕幾下。過了半晌，他才又重新將手機湊近我，讓我看清內容。

是臉書的貼文頁面。貼文上不但附了剛才那張照片，還有方寅學長的說明：「她說：去哪裡都好。」

明明是再平常不過的一句話，怎麼方寅學長一發布了這則貼文，就讓人有種……曖昧不清的錯覺？我的臉立刻就熱了起來！

「學、學長，你到底在做什麼？」我緊張兮兮地問，雖然我已壓低了聲音，但在一片寂靜的圖書館裡，我突兀的氣音仍惹來了不少注目的眼光。

方寅學長已經把手機收進口袋，表情平靜，彷彿剛才的事根本沒有發生過。

我依舊熱著臉，乾脆低頭將自己的手機從包包裡拿出來，登入自己的臉書、又進入方寅學長的個人頁面，果然就看到他剛才發布的那則貼文。

我立刻下滑頁面。才短短幾秒，竟然就已經人留言了。而我看了底下的留言，心中不禁一震。

「——都要學測了，竟然還在跟莊于蘋約會！」

「……方寅，替我向莊于蘋打聲招呼。」

「難怪今天我約于蘋讀書，她拒絕了……原來是和我們主唱大人有約呀！嗯，我不說了，我什麼都沒看見。」

正當我還要往下看，就被方寅學長的手擋住了螢幕。

我抬起頭，茫然且震驚地盯著方寅學長。我張了張嘴，想要說些什麼，卻是一點聲音也發不出來，同時感覺四肢末梢在慢慢地變得冰涼……

這是怎麼回事？為什麼大家一看見這則貼文，第一時間會認為是于蘋學姊在和方寅學長約會？難道他們兩個真的——

他拿起筆，低頭在紙條上很快地寫道：「別管他們，就愛瞎起鬨。」

看見他的筆跡一筆一畫在紙上浮現，我本來涼了一半的心，似乎慢慢地恢復了溫度，卻依然失速地跳動著。

方寅學長又在紙上繼續寫下：「抱歉，他們就愛把我和她湊成一對。」他寫完後，對著我皺了皺眉，似乎在表達歉意。

我遲了幾秒，才慢慢地搖頭，表示自己不介意，然後佯裝無事地把手機收回包包裡，繼續翻閱桌上的詩集。但詩集裡寫的內容，我已經一個字都看不進腦袋裡了。我的腦袋不停轟轟地叫著，剛才的事使我餘悸猶存。

即使學長寫了那些話向我解釋，我卻感覺心中仍有一股縈繞不去的惶恐，而內心深處的疑問也沒了出口。

——方寅學長說，大家就愛將他和于蘋學姊湊成一對。

那麼事實呢？他和于蘋學姊真正的關係是什麼……為什麼不接下去解釋？不把話說完，似乎有點奇怪啊……

我很想追問，但立刻發覺自己沒有追問的資格和理由。我又不是方寅學長的誰，憑什麼八卦他的事？

況且，方寅學長是我喜歡的人啊，我為什麼要懷疑他？方寅學長做事總是深思熟慮，他若不想解釋，肯定有他自己的理由，這有什麼好奇怪的？

想到這裡，我才稍微釋懷了，繼續翻閱桌上的詩集。

忽然，方寅戳戳我的肩膀。

我抬眼看去，只見他朝我動了動唇，似乎在說什麼，但我還來不及理解，他就已經從位子上起身了。我在腦海裡回放了一次他的口型，才終於明白他在說什麼。

他說的是：「我們走吧。」

我立刻站了起來，低聲問：「這、這麼快就要走？」

方寅學長沒有多說什麼，表情也始終沒有變過，他就只是輕輕地向我點頭。

「哦好……我知道了。」我愣愣地回答，然後迅速地把桌上那本書闔起來，抱在懷裡，放回原本的書架上。我也沒去想方寅為何這麼突然說要離開，只想趕緊跟上他的腳步。

從一片寂靜的圖書館裡回到室外，就像忽然恢復了自由。我聽著耳邊喧囂的聲音，加快步伐跟上方寅學長。

「妳會餓嗎？」學長突然轉頭問道。

我搖搖頭。雖然時間已經接近中午，但早上才剛吃過玉米蛋餅而已，我並不會餓。

不過……如果不吃東西，我們接下來難道就要分別了嗎？想到這裡，我心一驚，搶在學長說話以前開口：「學長！」

方寅愣了一下，「……什麼？」

「我們還是吃點什麼吧……隨便什麼都好，點心之類的也可以。」

方寅緩了一陣才慢慢點頭，回答道：「嗯。」

然後，他轉過身，重新邁開步伐。

我傻了半晌，想問學長要去哪裡，但忽然就想起了自己寫的那句：「哪裡都好。」我立刻就噤了聲。

剛才，我們在圖書館待了一兩個小時，出來時，外頭陽光已經變得熾熱。我追在方寅身後，額上很快就沁出汗水。我一邊走著，一邊抹掉額上的汗，然後感覺到自己下腹又傳來一陣下墜感。

就在這時，我忽然意識到自己為什麼會這樣了。

是我的月經！我的月經快來了！

我愕然地停下腳步，一顆心立刻就提到了嗓子眼。我每次月經來都很準時，怎麼這個月就剛好提前了……而我怎麼會到這種時候才意識到這件事？真的是蠢斃了！

我出聲，顫抖地喚道：「學、學長……」

方寅聽見我的叫喚，轉頭盯著我，有些困惑的樣子。

「……我、我能不能去一下洗手間？」我指了指旁邊的麥當勞。

我感覺自己的耳根都燒了起來，光是向方寅學長說「我想去上廁所」這件事就讓我感到羞窘。但若是現在不去廁所看看狀況，到時候血跡沾到褲子上，那我豈不是更糗？

方寅學長頓了一下，才緩緩說：「嗯，好吧。那快去快回。」

我用力點點頭，臨去前還不忘擠出一抹微笑。

我一走進麥當勞的洗手間，第一時間就是轉身對著鏡子，扭頭觀察自己褲子後面有沒有什麼異狀，但我什麼都看不見。而這並沒有使我放心，反而使我更擔憂了。

於是我趕緊走進其中一間廁所，膽戰心驚地脫下褲子——我感覺自己連手心都在冒汗。看見褲子上沒有任何血跡，我不禁鬆了一大口氣，大力拍著自己的胸脯，我能聽見自己連呼吸聲都已紊亂不已。

——幸好，月經還沒有真的來。腹部的那種沉重感，大概只是快要來的徵兆而已。一放鬆下來，我整個人都有點癱軟。我站穩身子，抽了幾張衛生紙，墊在自己的內褲上，以防月事待會真的突然造訪。最後我走出廁所、沖洗雙手，離開麥當勞。

我一推開麥當勞的門，就看見了方寅學長。他一動也不動，就只是安靜地站在那裡。我遠遠地望著方寅學長，突然覺得氣氛變得有些端莊肅穆……為什麼會有這種感覺呢？方寅學長似乎察覺了我的存在，慢慢地轉頭，望向我。隨著他目光的轉動，我的心臟開始不受控制地跳動。

這個瞬間，我知道為什麼了——因為，我所欽慕的方寅學長，就是我的信仰。

「妳在發什麼呆？」方寅學長擰起眉頭，疑惑地問。

我回過神來，立刻快步走到他面前，抿抿唇，說道：「對不起，等很久了嗎？」

突然間，有種懊悔和歉疚的感覺襲上心頭——但是，我為什麼要覺得對不起他呢？

「……還好。」他淡淡地回答，又說：「走吧。」方寅學長說完後，就立刻邁開了步伐。而我就這樣跟在他的身後，保持距離慢慢地前進，我甚至不敢再像早上那樣與他並肩同行。

然後這一剎那，我又明白為什麼了——因為，我所心儀的方寅學長，是我心中不可玷汙的聖潔存在。光是讓他皺起眉頭，都讓我覺得是滔天大錯。

越來越接近正午，陽光燙得有些灼人。我感覺到肌膚底下都有熱氣在緩緩流動，一點一點蒸騰上來。

突然，方寅學長停下了腳步，我差點撞上他的背脊。

「怎、怎麼了？」我出聲問道。然後我慢慢抬起眼，才發現我們正停在一家冰店前面。我不禁困惑地望向學長。

「我週末在圖書館讀完書後，都會來這裡吃冰。」學長說。

——學長每個禮拜都來的冰店？我重新看向冰店門口，感覺全身都因他這句話而躁動。

但當學長邁開步伐、走向店家門口的時候，我立刻察覺不對！難道我們現在是要在這裡吃冰嗎？我的月事都快來造訪了，我還吃冰……豈不是痛死自己？一想到這裡，我心中一陣惶恐。

「怎麼了？」學長見我始終不回答，開口問道。

我一頓，突然就不知道該怎麼回答了，只能愣愣地看著他。

學長有著一雙深邃的眼眸，瞳孔是濃郁的墨色。而我本來想用來拒絕的說詞，就這麼被他那雙幽深眼睛捲入，然後失了蹤影……

我緊緊抿住唇，垂下眼瞼，搖搖頭。

「沒事？」他見我搖頭，似乎是為了確認而問道。於是我又點點頭。

「那走吧。」方寅學長說，然後重新提起步伐。

我跟上他的步伐，在方寅學長背後小心翼翼地看著他。他比我高很多，還有著寬厚的肩膀。

我的心跳，彷彿隨著他每一次踏出的步伐，而一次次地猛烈撞擊起來——光是看著方寅學長的背影，我就已難克制內心的悸動和怦然。

高一時的我，總是站在舞臺下，如癡如醉地聽著他唱歌、彈奏樂器，然後為他喝采歡呼……我從未想像自己會有站在身後跟隨他腳步的一天，如此貼近、如此觸手可及……不知不覺，我已伸出了手，想要觸碰他的衣角。

驀然，他停下了腳步，然後轉過身——我的手就這麼停在半空中，感覺到他轉身時捲起的衣角，快速地掠過我的手指。而他的衣角帶著些許冰涼。

他顯然看見了我停在半空中的手，於是皺起眉頭，眼神有著疑惑。我乾笑了幾聲，慢慢收回手指，覆在背後。

幸好，他並沒有問我在做什麼，只是指向旁邊的座位，說道：「坐這吧。」

我點點頭，和他一同入座。

又並肩而坐了呀。我內心一陣澎湃。

「這裡的冰份量很大，我們點一份，一起吃就好？」他問。

我一想起自己即將造訪的月事，立刻點頭應好——我可沒有大膽到自己吃一碗刨冰，肯定痛到在地上打滾。能少吃一點都是好事。
但我卻忘了一件很重要的事。
當我拿起湯匙，準備挖一口刨冰時，學長的湯匙已經搶先挖了一勺，然後含入口中。看見這個畫面，我立刻傻住了。
——我怎麼就忘了，刨冰這種東西如果是兩個人吃一碗，就是不停地交換口水？我的臉立刻滾滾地燒了起來……
「怎麼不吃？」學長問。他似乎不覺得兩個人吃同一碗冰有什麼需要猶豫的。
「我、我……」因為慌張，我有點語無倫次。
最後，我投降了。我整理好思緒後，慢慢開口：「學長，我還是自己吃一碗冰吧。」
交換口水什麼的……我真的無法想像。
眼前的人可是方寅學長！他對我來說，是那麼完美而不可侵犯的存在，要是他真的吃了我的口水，那感覺就像神明被我吐了口水一樣，是種赤裸裸的玷污和褻瀆……連我都替他感到噁心。
何況，光是想像我們共吃一碗冰的畫面，我就已經覺得臉頰熱到要冒煙了……不如我自己再吃一碗冰吧。比起讓自己痛死，我更怕自己現在就因為心跳過快而猝死！
「那好吧。」方寅學長有些無奈地回應道，然後招來了店員，替我點了另一碗刨冰。
當我舀了一口刨冰含進嘴裡，嚥下去的同時，我感覺到一股沁涼直直從喉嚨直達胃底，我感覺自己本來渾身的熱氣都被瞬間澆熄，取而代之的是一股冷冽的寒氣在我體內遊走。

這樣的寒意令我心驚，我不自覺地把另一隻手覆在小腹上，吃得提心吊膽。但又怕學長察覺我的異狀，只好硬著頭皮，一口接著一口嚥下去。

甜膩的煉乳在我唇齒間發香，但我根本心不在焉，一點美味也感受不到，只是覺得小腹越來越涼、越來越涼……

學長不曉得什麼時候已經吃完他那一碗冰了，好整以暇地盯著我。

我被這麼一看，心臟猛然跳得厲害。我乾脆埋頭吃冰，幾乎整張臉都快埋進碗裡了……結果，我也很快就吃完了。

看著見底的碗，我對學長揚起一抹笑，開口說道：「我吃完了。」而我的手仍不自覺摀在小腹上。

「嗯。」學長淡淡應了一句，又問：「那，要走了嗎？」

我心裡是不捨的，可是吃也吃完了，似乎沒什麼理由再延長我們今天的時光。於是我垂下眼瞼，悶聲地回答：「嗯，差不多了。」

學長表情疏淡，問道：「妳知道怎麼從這裡回去嗎？」

我點點頭，「知道。」

這附近有一家縫紉用品專賣店，我常常去那裡買社團要用的東西，所以對這裡的路還算熟悉。

「我待會還要到附近的書局買參考書……我們就在這裡道別，可以嗎？」

我又點點頭，「好。」我乖順得像一隻寵物。

方寅學長站起身，我也跟著離開位子。他微彎了一下唇，露出一抹淡淡的微笑，「再見。今天很謝謝妳。」

我也跟著揚起笑容，對學長說：「是我才要謝謝學長。再見！路上小心！」

雖然即將面臨分離，心裡有點不捨，但光是能像今天這樣和學長一起吃東西、一起看書，我心中已經很滿足了。

學長很快就離開了。而我也在他離開後，慢慢地走出刨冰店。

不知道是不是心理作用，我感覺自己的下腹變得更沉，甚至開始悶痛了起來——我心想，肯定是我的月事來造訪了。

越來越清晰的疼痛，讓我摀著下腹、彎著腰在路上緩緩前行。

我進了一家超商，買了一包衛生棉，結帳後立刻跑進超商的廁所裡。一看，果然內褲上已經出現血跡。幸好我先前用衛生紙墊著，而且目前血量也不多，沒有讓我當眾出糗。

打理好自己後，我洗手出了廁所，又隨手買了一條巧克力，坐在超商裡的用餐區，準備休息一下，緩解自己的不適。

但隨著時間過去，我只感覺到越來越劇烈的疼痛。下身那種黏膩的感覺也讓我很不舒服，我整個人病懨懨地坐在用餐區，外頭有無數行人匆匆而過，看得我眼花撩亂，眼前世界彷彿都在天旋地轉。我乾脆趴了下來，也不想管這桌子乾不乾淨了。

我平時來月事通常不會這麼痛的，一定是我剛才吃了太多冰，現在正在發作。我摀著小腹，感覺四周連空氣都變得稀薄，我低低地喘著氣、冷汗直流，整個人都飄飄然的，好像發燒一樣。

正當我懷疑自己快要窒息而死的時候，我聽見自己面前的玻璃被人敲了幾下。我費力地抬起眼，立刻就看見宋彌恩正張大眼睛看著我，像是不敢置信。

他透過玻璃窗對我說了什麼，但我只看見他動著嘴唇，卻聽不見他的聲音。後來他似乎也發現了，立刻跑進超商裡。

我實在沒力氣應付他，乾脆就靜靜地望著他，也沒主動跟他打招呼。

宋彌恩依舊處於驚訝的狀態，跑過來對我說：「學姊！好巧喔！」

我沒有回答，只是睨了他一眼。這才發現他手裡提著很眼熟的袋子——是那家縫紉用品專賣店的塑膠袋。難怪宋彌恩會出現在這裡，想必是剛才跑去買社團課要用的縫紉用品，剛好經過。

宋彌恩似乎察覺我不太對勁，坐到我身邊，低聲問道：「學姊，妳不舒服嗎？」他的聲音很溫柔，是種禮貌的探問。

我輕輕點頭。他一時沒說話，盯著我半晌，才又壓低了聲音問：「是……那個來嗎？」他一問完，耳根子就紅了。我心裡有點驚訝，他是怎麼看出來的？

「嗯，你猜對了。」我低低應了一聲。

面對宋彌恩，我可以很大方地承認這件事。但不曉得為什麼在方寅學長面前，我連說一句「我要去廁所」都感到難堪，甚至連吃冰都沒辦法開口拒絕……

宋彌恩的臉紅了，但雙眼卻閃著認真的光芒，「很不舒服吧？」他緊緊皺起眉頭，擔憂地問。

我沒有答話，只是盯著他。他的五官即使在超商的燈光下，依然是柔和的。

「學姊，我不知道該怎麼幫妳。」他說，「妳能告訴我嗎？」宋彌恩的語氣，彷彿在循循善誘。

我一時笑了，搖搖頭，「你也不能幫我什麼啊……難道你能幫我痛嗎？」

他嘆了口氣，說道：「如果可以，我願意啊。」宋彌恩竟然露出了失落的表情。看著他這樣的神情，我才意識到他是說真的——如果能幫我痛，他會替我痛。

我被他這樣天真的發言逗笑了。他聽見我的笑聲，立刻說道：「學姊，妳明明不舒服還笑我……我可是很認真的耶。」

我微笑著，「我笑你可愛嘛。」

他聽了這句話，果然臉又紅了。他輕輕撇開頭，然後說：「不然，我陪學姊回家吧？」

「不用了啦。」我虛弱地撐起笑容，擺擺手，「我在這裡坐一下就好了。」

「可是，坐多久都不會好的吧？」宋彌恩反問。

「……也許吧。」他說的話挺有道理的，我竟然無法反駁。

「讓我陪妳回去吧，拜託。」宋彌恩的語氣很真摯，甚至帶有一絲祈求的意味，這讓我不由得愣了一下。

「你不用這麼客套，」我說，「我真的沒關係，你快回家吧。」

「不行。」宋彌恩說道，「這不是客套，是擔心啊。我不放心學姊一個人回家。」

「……算了，隨便你吧。」我實在沒力氣說服他，有點無奈地嘆了口氣。但其實我心裡是有點高興的。

宋彌恩咧開嘴，笑了起來，「謝謝學姊。」

我微微一愣。明明該是我要道謝……他幹嘛反過來謝我？

「學姊，我替妳拿東西。」他說完，很快地伸手拿起我的包包。接著，他從椅子上起身，問道：「妳可以走吧？」

我頓時有點語塞，「當然可以……我是那個來，不是腳殘廢。」

「哦，好像也是。」宋彌恩尷尬地搔了搔頭。

我看著他的側臉，忍不住笑了。雖然宋彌恩的關心有點笨拙，但我的內心卻因為他的這些舉動而變得溫暖踏實。

外頭的天氣炎熱，才剛離開超商，一陣熱風就迎面而來。再加上身體不適，我才走沒多久，就已經滿頭大汗。

忽然，我感覺頭頂的陽光似乎沒那麼張揚了。我抬頭一看，看見的卻不是天空。原來，宋彌恩不知道什麼時候已經撐起一把傘，舉在我的頭上，小心翼翼地跟著我的步伐。

「……謝謝你。」我愣然地開口。

宋彌恩只是笑了笑，沒有說什麼。

我們就這樣走了很久，彼此都沒說話。我實在不習慣這種尷尬的沉默，所以即使肚子痛，也還是開口向他搭話：「你今天去買縫紉用的東西？」

「對呀，我去買棉花。」宋彌恩說，「雖然我喜歡縫紉，不過在家裡通常只是幫忙縫扣子之類的，所以我家沒有棉花。」

我點點頭，表示理解。

「學姊呢？」他問，「出門也是為了買東西嗎？」他一邊緊盯路況，卻又努力分散視線來望著我。

我現在腦袋實在沒什麼運作能力，我下意識地就回答：「吃冰。」

宋彌恩明顯愣了一下，瞠圓眼睛看著我，重複了一次：「吃冰？」

我仍沒有意識到哪裡奇怪，反而不懂他為什麼要這麼驚訝，反問道：「對呀，吃冰。有什麼問題嗎？」

「妳不是那個來嗎?怎麼還吃冰！」他聽見我的反問，似乎更詫異了。

我立刻意識到自己說了什麼，別開臉，有點僵硬地說：「……沒差啦。」

宋彌恩突然停下腳步，而我驚愕地看向他。

「學姊，妳實在太不愛惜自己的身體了……」宋彌恩擰起眉頭。從社團博覽會那天認識他以來，他在我面前一直都是靦腆怕生的模樣，這還是我第一次看到宋彌恩這麼強勢的樣子。

我突然有點心虛，挪開視線不敢看他，我悶悶地說：「……反正不關你的事。」他似乎噎了一下，才慢慢地回答：「的確不關我的事，可是妳……」說到這裡，他好像說不下去了，突然就沒了聲音。

我抬眼看向他，卻恰好撞進他盈滿擔憂的眼眸裡。這樣望著他的眼睛，我心中一軟，忍不住說道：「……對不起。」

宋彌恩聽見我的道歉，顯然愣了一下。而我也嚇了一跳，我為什麼要向他道歉呀？

宋彌恩眼神裡多了幾分柔軟，似乎又變回了那個溫馴的小學弟。他關心地問：「為什麼要吃冰，是因為天氣太熱嗎？」這是一種帶著試探和小心翼翼的語氣。

「不是啦……」我垂下眼瞼，玩弄自己的手指，左思右想，實在想不出什麼好藉口，只好據實以告：「是因為有人約我吃冰。」

「妳直接說不方便不就好了嗎？」宋彌恩一邊撐著傘，一邊歪頭問。

「是沒錯，可是——」我嘆了口氣，又說：「偏偏我不想拒絕啊。」我一點都不想錯失與方寅學長相處的機會。

「詠絮學姊，我真是越聽越茫然了。」宋彌恩無奈地說。

我正想開口說話，卻又聽他繼續說道：「或許妳會覺得我很雞婆，不過我覺得……不管是誰約妳，他都不比妳的身體重要啊。」

聽見這句話，我心中有種被驀然刺痛的感覺。他說的道理我都明白，但即使現在時光重溯，我也仍然會選擇答應方寅學長。

——或許在喜歡的人面前，每個人都得這麼委屈求全吧？

宋彌恩見我不說話，似乎有點慌了，「抱歉，學姊。我有點自以為是吧？」他露出一抹苦笑，「妳不舒服，我還講這些自以為是的話……對不起。」

總覺得……天氣好像變得更熱了。我身體本就不舒服，加上在大熱天下走了這麼久，現在渾身有些脫力。因此，我在聽了宋彌恩的話之後並沒有馬上回應，只是搖頭示意他沒必要跟我道歉。但宋彌恩也不曉得有沒有理解我的意思，始終蹙著眉頭，模樣很是懊惱。

我張了張嘴，正想說些什麼，卻被他接下來的動作打斷了。只見宋彌恩伸出手來，將我肩頭一攬。

我目瞪口呆地盯著宋彌恩的側顏，不曉得他為什麼要突然攬我的肩膀……直到我感覺到頭上的豔陽削弱了幾分，我才明白過來。原來，我剛才不知不覺就走出了傘下，難怪會覺得天氣變熱。

「學姊，妳進來一點，不要曬到太陽了。」宋彌恩提醒道，很快就鬆開搭在我肩上的手。

我被他觸碰過的肩頭，彷彿還帶有一點餘溫。我一時竟分不出那抹溫度是被陽光曬出來的暖意，或是宋彌恩掌心的微熱溫度。

我望著宋彌恩，他依舊皺著眉頭，不知道在想什麼。我不自覺看向他的耳朵——果不其然，已是紅彤一片。

我不禁失笑，開口：「剛才你說的那些話……並非自以為是。謝謝你。」

宋彌恩一頓，「……真的？」我點點頭，複述一次：「真的。」

他立刻鬆開眉頭，揚起一抹笑容，「那……學姊，我們繼續走吧。」

宋彌恩真是個單純的人呀，會因為說錯一句話而感到懊惱，也會因為別人的一句「謝謝」而豁然開朗。他的喜怒哀樂，全都是鮮明生動的。

突然，我想起自己。我和方寅學長相處時，無論是何種情緒，都只想深藏心底，努力掩飾自己的忐忑、慌張甚至是喜悅。

想到這裡，我感覺心中一陣五味雜陳，腦袋思緒也是混亂不堪的。

直到和宋彌恩道別、回到家後，我仍有點心不在焉。

我躺在床上，盯著自己房間的天花板，細想一整天發生的事——真的就像夢境一般俐落地結束了。

「或許妳會覺得我很雞婆，不過我覺得……不管是誰約妳，他都不比妳的身體重要啊。」宋彌恩的聲音忽然在腦海中響起。

是呀，照理來說，就算約我吃冰的人是我喜歡的方寅學長，我也不該答應的。但每當我望著方寅學長，就無法說出任何一句拒絕的話。

驀然，有什麼東西在我的腦海裡浮現……是我今早在圖書館翻閱的那本詩集——任明信的《光天化日》。

其中一首詩，叫做〈崇拜〉，裡頭是這樣寫的：

你給我蘋果
要我收好
說從今以後
這就是心

我沒有想過你
為什麼說謊
只是乖乖
把蘋果收好

接著，我不禁想起了于蘋學姊曾對我說的話。

「不多去了解他一點，妳怎麼確定自己是喜歡他、而不是單純崇拜他而已呢？」

我躺在床上，緊緊抿住唇。為什麼會突然想起這些呢？我感覺自己心情莫名變得低落，可是卻想不透是為什麼。

「啊，煩死了。」我哀號了一聲，把自己的枕頭拿起來摀在臉上，「又痛又煩……還是睡覺好了！」

隔天早上，我突然想起宋彌恩陪我回家的事情。我是不是該好好謝謝他呢？我左思右想，送糖果似乎有點太過份了，他雖然可愛，但又不是小孩子……那我還能送些什麼呢？

最後，我決定就用我最喜歡的方式——寫卡片。

我從抽屜裡拿出一張萬用小卡，寫的話也不多，就只有向他致謝和署名而已。雖然字少，但我卻寫得真心誠意。畢竟今天要不是遇見他，我說不定會昏倒在路上呢。

寫完後，我開始想像宋彌恩收到這張卡片的表情。

他會不會又臉紅了呢？

第二章　苗期

從那天回家以後，我就告訴自己不要想太多，因為就算想了，我也摸不著頭緒，反而只是讓自己陷入莫名的茫然和低潮。

但沒想到，才剛到了星期一早上，我就遇見了于蘋學姊。

當我在學校裡遇見她時，我完全沒有心理準備，幾乎是呆愣地望著她，連招呼都忘了打。對視的瞬間，我想起了很多事——包括我們在演藝廳裡的第一次交談、學長臉書貼文下的留言、學長說他和于蘋學姊總被湊成一對的事……許多複雜的感覺在我心頭蕩漾。

于蘋學姊看見我時，顯然也是一詫。她在走廊上停下腳步，靜靜地望著我，一句話也沒說，眼神意味深長。

——看見她這樣的神情，我腦海中第一個閃過的念頭是：難道她也看見學長那則貼文了？她知道那是我的字跡嗎？

我突然想起自己還沒打招呼，於是擠出笑容，對著她揮揮手，喊了一聲：「嗨，學姊。」

「星期六和方寅出去的……是妳吧？」學姊劈頭就問。她的神情始終沒有變化過，彷彿這個問題醞釀了許久才問出口。

我被這個問題嚇了一跳，微張著嘴沒有回應。

她見我不回應，似乎當作我是默認了——又或許，她其實從一開始就知道了。「……啊，那個字跡，果然是妳呢。」于蘋學姊輕輕地皺起眉頭。

「學姊……」我囁嚅道，慌張得手足無措，緊緊捏著制服裙襬。

「放心吧，我知道是方寅主動約妳的。」于蘋學姊露出苦笑，似乎在安撫我的情緒。

我完全搞不懂于蘋學姊想說些什麼，她的安撫只不過是讓我越來越著急而已。

「……學姊為什麼要問這件事呢？」我問。

「學妹呀。」她並沒有回答我的問題，反而突然叫了我一聲。

我微微一愣，「什麼？」

「和方寅實際相處後，妳覺得開心嗎？」

學姊問的問題，完全出乎我的意料之外。我睜大了眼睛，一時答不出話來。我在腦海裡重複了一次學姊的問題——

和方寅學長實際相處過後，我覺得開心嗎？

幾乎是在第一秒，我就想果斷地說「當然開心」，但仔細回想起來，我和方寅學長相處的那一天，竟是朦朧而模糊的……

「換個問法好了。實際相處後，妳還覺得自己是『喜歡』他嗎？」于蘋學姊再度蹙起眉頭。

我聽得一頭霧水，腦袋一片混亂，終於還是脫口而出：「學姊，妳到底為什麼要問我這些？」

我問出口後，才發覺自己有點莽撞。我忍不住垂下眼瞼，不敢看她。

「……我只是擔心妳受傷而已。」學姊的聲音傳來。我輕輕抬眼，卻看見于蘋學姊揚起一抹溫婉親切的笑容。

「方寅真的沒妳想得那麼好。可能妳會覺得我自以為是，但我必須要說，太過完美的想像，就像一層薄冰，看似漂亮美好，卻隨時會崩塌瓦解。那不是喜歡，只是一種妄想。」

學姊說的話實在太深奧，我根本聽不懂她在說什麼。我愣愣地盯著學姊，一句話都說不出來。

學姊又笑了笑，「我再說下去，妳好像也只會更茫然而已。我就說到這裡吧，如果妳聽了這些話覺得不舒服，那就當我沒說過好了。」

「哦……好。」我愣然地答了一句。

「快上課了，妳的班級離這裡應該很遠吧？還是快回去吧。」學姊柔聲提醒道。

我茫然地看著她，心緒實在太混亂了，根本無法思考。我只好照做，揮手向她道別。

接下來的課堂，我整個人心不在焉。于蘋學姊和方寅學長到底是什麼關係？學姊又到底為什麼要對我說那些話……

我快想破頭了也想不出個所以然，都快把自己的頭髮扯下來了。正當我苦苦煩惱的時候，聽見有人喊我的名字——

「張詠絮，外面有人找妳喔！」是同班同學的聲音。

——是誰找我？難不成又是于蘋學姊嗎？

我匆匆跑向班級門口。當我看見對方時，著實吃了一驚。

「宋彌恩？」我驚訝地開口。

宋彌恩朝著我靦腆一笑，還有點不好意思地搔了搔頭，「詠絮學姊……抱歉這麼突然來找妳。」

「沒關係呀。」我說，「有什麼事嗎？」

「其實也沒什麼……只是我想起妳週六時臉色真的很差，想知道妳現在好些了沒。」

聽見這句話，我忍不住漾起笑容，「我沒事啦！我通常只會痛第一天而已。」我說完才覺得自己有點說得太多了，連我自己都覺得有點困窘。

果然，宋彌恩馬上迴避了目光，像是虛心又像是害羞。

我猜，男生聽到女生提起這種話題，大概還是會覺得尷尬吧？

「噢噢，對了！我有東西要給你。」我這時才想起自己昨天寫好的卡片，於是對宋彌恩說道：「你等等我，我去找一下。」

宋彌恩咧開嘴笑著，用力點點頭。

我很快地跑進教室，從書包裡翻出卡片，又匆匆地跑出來，把卡片遞給宋彌恩。

「這是……」宋彌恩的表情有點呆滯，我忍不住笑了幾聲，才回答道：「是感謝卡片。」

「哇……我……」宋彌恩結巴道，看起來很驚喜，「學姊，我真的不知道要說什麼才好了——謝謝妳送我卡片！」他目光真摯地望著我，彷彿我真的做了什麼偉大的事一樣。

我笑了笑，「你也太誇張了吧！」

「我、我可以現在打開來看看嗎？」宋彌恩的臉又紅了。我現在才發現，他的皮膚真的比誰都來得白皙，而且看起來很薄，難怪他一臉紅就那麼明顯。我突然有點慶幸自己沒像他那麼白，否則在方寅學長面前害羞都藏不住了。

「當然可以呀，你慢慢看吧。」我微笑說道。

當他翻開卡片時，表情是感動的。透過他目光的轉動，我在心裡揣測他已經讀到哪一行、哪一個字，這讓我感到心滿意足。

但隨著他的目光流轉，我看見宋彌恩慢慢地皺起眉頭。

「……怎麼了嗎？」我問。難不成是我寫錯字？

「詠絮學姊。」他抬頭起來，認真地望著我，「……前天約妳去吃冰的人，難道是高三的方寅學長嗎？」

我心臟一震，瞠目結舌地望著他。「你、你是怎麼知道的？」我愣然地問，想了想，又說道：「……難道，你也看到了方寅學長的貼文？」

宋彌恩垂下眼瞼，點點頭。

我恍然大悟，「原來是這樣……」方寅學長那篇貼文是公開的，即使不是他的臉書好友，也很有可能看見。

「所以，真的是方寅學長嗎？」宋彌恩抬起眼，問道。

「……嗯。」我應了一聲。不曉得為什麼，我竟有點心虛。我迴避目光，沒敢看宋彌恩的表情。

他猶豫了一陣子，才緩緩開口：「……學姊，難道妳在和學長交往？」

我愣了一下，卻不是因為宋彌恩說的話，而是因為他的語氣。他的語氣隱約帶了點驚惶。

因此我並沒有直接否認，反而問道：「怎麼了嗎？」

宋彌恩一聽見我的回答，立刻擰起眉頭，眼神深不可測。

我有些詫異。他為什麼要露出這種表情呢？

「如、如果是詠絮學姊在和學長交往的話，我實在不好說什麼，可是……」宋彌恩搔了搔頭，一字一句彷彿都是細細斟酌後的回應。

我愣愣地望著他。卻見宋彌恩沉默了好一陣子、目光游移，始終沒有答話。

「可是？」我出聲探問。

他深吸了一口氣，終於開口——

「我覺得……方寅學長一點都配不上妳。」宋彌恩那雙清澈晶亮的眼眸，此刻正靜靜地望著我。

我呼吸一滯。宋彌恩那近乎篤定的語氣，令我的思緒頓時陷入一片空白。

他依然認真地望著我，彷彿想透過這雙晶亮的眼眸，向我傳達些什麼。我緊抿著唇，不自覺挪開了視線。

「學姊……」宋彌恩的聲音傳來。帶著一點懊惱、一點愧疚的語氣。

我抬起眼，重新望向他。

而宋彌恩慢慢地垂下了眼瞼，嘴巴張了張，似乎有什麼話要說。於是，我靜靜地盯著他，等待他發話。

但最終，他還是什麼都沒說，只是沉默地低著頭。他這麼安靜著，我竟也不知道該說些什麼才好。

「我覺得……方寅學長一點都配不上妳。」

這句話令我心中五味雜陳——既是感謝宋彌恩將我說得這麼好，卻也不懂他為什麼如此小看方寅學長。方寅學長有哪裡不好的呢？

換作是別人這樣對我說，我大概早就暴跳如雷。畢竟方寅學長可是我心中最優秀、最完美的存在，別人根本不懂他的好，憑什麼對他指手畫腳？何況，我喜歡誰是我的自由，別人為什麼要來干涉？

然而，一想到對我說出這句話的人是宋彌恩，不知怎麼地，我心中的憤怨就成了一種力不從心的無奈，好像無論有什麼怒氣，對著宋彌恩都發作不起來了。

「……以後別再說這種話了。」最後，我竟也只能吐出這麼一句話。

宋彌恩聽了我的話，迅速地抬起頭來，驚訝地望著我，「學姊，我——」他突然嘆了口氣，語氣變得更加小心翼翼：「我說的話在妳聽來一定很刺耳吧？抱歉……我沒想讓妳難過的，只是我……真是這麼想的。」

一聽見後面那句話，我的情緒頓時有些激動了，脫口而出：「我不是說別再講了嗎？」我不自覺拉高了音調。

我說出口的當下，自己都嚇了一跳，我幹嘛發那麼大脾氣啊？

宋彌恩愣了一下，眼神漸漸變得黯淡。看他頓時畏縮起來的樣子，我心中不禁一陣懊悔。

「……抱歉，我不是故意兇你的。」我低聲說道。

宋彌恩搖搖頭，「沒關係，的確是我的錯。」即使如此，他的神情依舊黯然。

我嘆了口氣，緩緩地說：「我並沒有在和方寅學長交往，但我不想聽到有人批評他。」

宋彌恩顯然頓了一下，沒有答話。

我繼續說道：「現在疑惑都解開了，我們以後別再討論這件事了，好嗎？」

宋彌恩看了我一眼，竟有些猶豫的樣子，過了半晌，他才有些勉強地開口：「……好吧，我知道了。」

我微微一笑，「好啦，不要那個表情。開心一點嘛，我們不是和好了嗎？」

聽見我的話，宋彌恩嘴角漾起淺淺的笑容，他低低地應了一聲：「……嗯。」

最後，我目送宋彌恩離開。而我給他的那張卡片，正被他小心翼翼地拿在手上，似乎連一點摺痕也沒有。

不曉得為什麼，看著他離去的背影，我心中總有一股莫名的歉疚感……

＊＊＊

這幾天實在發生太多事，我雖然作息一切正常，一如往常地上課、吃飯、睡覺，但心裡總是隱約有一股不安的感覺。正當我心神不寧地過日子時，不知不覺又到了星期四晚上。是社團課的前一天。

我在睡前準備隔天社團課的用品。我將針線包丟進袋子裡，又準備從櫃子裡拿我之前新買的襪子，當我起身的瞬間，突然就想起方寅學長說過的話：「乾脆，下次也給我做一個吧。」方寅學長那微微沙啞、富有磁性的嗓音在我腦海中響起，我臉頰不禁開始發燙。我站在櫃子前，把我所有未拆封的襪子拿出來仔細查看——最後，我除了明天社團課要用的襪子以外，還另外挑了一雙白色的。

現在是九月中旬，我平常在學校沒什麼時間縫娃娃、回家除了縫社團課要交的作品以外，還有很多的功課要完成，隔天也有許多考試必須準備……這樣下來，每天可能都只能縫一點點而已。如果順便挑個具有紀念價值的日子的話……那應該能趕在聖誕節完成吧？

我將白色的那雙襪子捧在手上，微微一笑。決定了，聖誕節那天，我要送方寅學長一隻我親手縫製的襪子娃娃！

我們社團本就打著「零基礎也能入社」的名號招攬新生，因此我們這屆的新生裡，大概有一半的學生真的是在完全不會縫紉的狀況下入社的——不但不知道什麼叫回針縫和平針縫，甚至連打結都有問題。

於是，社團老師決定把高二的我們和新生分開教學。

她先教我們如何縫製這次的作品，由於我們先前縫過大大小小的娃娃，因此現在很快就能掌握訣竅，不需要她太多的講解。等教完我們以後，她立刻跑到新生那邊，從最基本的穿線、打結和平針縫開始一一教起，而我們高二就在旁邊默默地縫製這次要交的娃娃。

我把襪子從中間攤開，讓腳跟處位於最中央的位置，接著用隱形筆在襪子上畫出我要的形狀，最後沿線剪下。然後，我駕輕就熟地拿出針線，從取線、穿針一直到打結，我開始用回針縫將剪開的地方密密地縫好。

我縫紉的技巧實在稱不上嫻熟，常常不小心就縫歪了，所以我必須非常專注在我的作品上……然而老師講解的聲音不斷嗡嗡嗡地在我耳邊響著，我好幾次試圖專心都被打斷。我終於忍不住，抬頭往新生的方向看了一眼。

而我一眼就看見了宋彌恩。他很認真地聽著老師教大家如何打結，但他手裡卻拿著早已打好結的針線了。後來，老師教他們什麼是平針縫，宋彌恩也很快地就完成了，但他卻不動聲色地收到抽屜底下，絲毫沒有打擾到老師教學的進度。

看到這裡，我不禁揚起一抹笑。他的確是個很貼心的人。

我想起自己和他前幾天的那段對話、和他最後離去的身影，心中忽然一軟。

「我覺得……方寅學長一點都配不上妳。」

「我說的話在妳聽來一定很刺耳吧？抱歉……我沒想讓妳難過的，只是我……真是這麼想的。」

雖然現在想起來，心裡還有點疙瘩，畢竟他批評的是我心儀的方寅學長……但我對他所說的那些話，似乎已經沒那麼排斥了，甚至也開始慢慢思考他那些話裡的含意。

宋彌恩是個貼心的人。他知道那些話不討喜，照理來說不會平白無故說出來。但他既然說出口了，那是不是代表他認為那些話，有著非說不可的價值呢？

正當我還在思考這件事時，赫然聽見鐘聲。我回過神來，才發現社團課已經結束了，而老師也早就結束了新生那邊的教學。

我們學校的社團課就在最後一節，結束這堂課後就是放學時間。

雖然有些人已經迫不及待地拿著書包往外衝，但還是有些社員想把作品縫到一個段落再離開，所以仍然有很多社員坐在教室裡。

我看了看手中幾乎零進度的作品，實在有點無奈，乾脆收進袋子裡。我一打開袋子，立刻看見我昨晚放進去的白色襪子。我將白色襪子拿出來，乾脆拿著隱形筆，斟酌該如何開始著手縫製。

我用隱形筆戳著自己的臉頰，苦苦思考著。驀然，我面前的燈光染上了幾分陰影。我慢慢抬起頭，就看見宋彌恩笑嘻嘻地望著我。

「學姊，妳在做什麼？」他問。

我微笑，正要答話，卻突然想起他對方寅學長的態度——要是我告訴他我要縫娃娃給方寅學長，我和宋彌恩豈不是又要鬧得不開心了？

於是，我笑著搖搖頭，「沒什麼啦。」我儘量讓自己答得自然通順。

像是沒料到我會這樣回答，宋彌恩明顯愣了一下，才慢慢地回答：「……哦。」

「怎麼了嗎？」我問。

宋彌恩搔了搔頭，「那麼……學姊，妳待會是直接回家嗎？」

我納悶地看著宋彌恩，「當然，不回家的話，還能去哪裡？」我總覺得他問這個問題，莫名的可愛。

「那我……」宋彌恩吞吞吐吐，目光也開始變得渙散，「我、我能不能和妳一起回去？」

我一驚，微瞠雙眸，頓了一下才終於開口：「……什麼？」沒頭沒腦的，為什麼突然說要跟我一起回家？

宋彌恩搔了搔頭，臉頰又浮現可疑的紅暈，他垂下眼瞼，說道：「沒有啦，就只是……想和學姊一起走段路而已。」

他為什麼看起來這麼緊張？看到他這個樣子，我下意識就覺得他有什麼重要的事要跟我說。於是我也沒想太多，一口答應下來：「哦，好呀。你等我收拾一下。」

宋彌恩聽見我的話，立刻抬起頭，雙眼放光，語氣驚喜地說道：「真的嗎？」

我被他問得茫然，眨了眨眼，「……不然呢？」他為什麼是這種驚喜的反應？

他咧開嘴，對我露出了一個很燦爛的笑容，然後搖搖頭。

我也對他笑了一下，「那我趕快把東西收一收。」

他又用力點點頭，臉上的笑容卻始終沒有褪去。我彎著嘴角，開始收拾東西。

我把針和線仔細地收進針線包裡，然後將針線包放進袋子。我正要轉身去拿自己放在椅背上的書包，卻赫然發現自己的書包已經不見了。

我抬起頭來，張望了一下，卻聽見宋彌恩的聲音傳來：「詠絮學姊，妳的書包在我手上。」我轉頭過去，看見他一個人就扛了兩個書包，左手拿著他自己的，右手則拿著我的。我微微一笑，「謝謝，給我吧。」當我伸手要去拿自己的書包，卻被宋彌恩不著痕跡地避開了。我不禁愣然地盯著宋彌恩。

「學姊，我替妳拿吧。」宋彌恩笑盈盈地望著我。

我突然就想起，上次他在超商要陪我回家時，好像也替我拿了包包……那時我太不舒服，根本無暇注意到這些細節，如今想來，實在備感窩心。

但現在我根本不需要他替我拿書包啊，於是我擺擺手，說道：「不用啦。」我笑了笑，試圖婉拒他的好意，「給我吧。上次是我不舒服你才替我拿的，今天我人好好的呀，而且我書包裡有一堆書，很重的。」

在我的潛意識裡，宋彌恩是我的學弟，何況他人長得白皙精瘦，我總覺得是我該照顧他。他替我拿書包這件事，不管怎麼想都很奇怪。

沒想到宋彌恩卻格外堅持，一手緊抓著我的書包，「學姊，就讓我替妳拿吧。」他的語氣極為誠懇，甚至帶了一點點的強勢。

我微微一詫，對他的強勢感到有點莫名其妙，但心裡卻不怎麼排斥。

「那好吧……既然你這麼堅持的話，就拜託你了。」我對他說道。

宋彌恩聽見我的話，又恢復了靦腆含蓄的笑容，「謝謝學姊！」

我不禁又是一愣——明明該是我謝謝他的，他怎麼反過來謝我？上次在超商時也是這樣，明明該是我要謝謝他送我回家，最後卻是他搶先向我道謝。

我笑了，忍不住調侃他，「你該不會很喜歡被人差遣吧？……怎麼說，被虐狂？」

宋彌恩的雙頰立刻紅得更厲害了，他抿著唇低下頭去，囁嚅說了什麼，我有點聽不清楚，於是我稍微湊近了他，想把話聽清楚。

沒想到我一靠近他，他就立刻倒退了幾步，結巴道：「學、學姊，妳做什麼？」

我疑惑地望著他，「我聽不見你說什麼，所以靠近一點啊。」

「我……我剛剛是說，」宋彌恩迴避了我的視線，整張臉已經漲紅了，「……我只喜歡被詠絮學姊差遣。」

話音才剛入耳，宋彌恩就立刻抓緊書包，往前邁了幾步，匆匆出了教室。我下意識追了上去，一邊喊道：「等等，你幹嘛突然跑出去啊？」

出乎意料的是，宋彌恩並沒有跑遠，才剛跑出教室就停了下來。我看著他的背影，困惑地問：「宋彌恩，你怎麼了？」因為他突如其來的反應，我暫時沒去細想他剛才對我說了什麼。

宋彌恩背對著我，站在走廊上。忽然，他緊緊摀住自己的臉，然後慢慢蹲了下來。見狀，我有點慌張了，走上前去，在面對他的方向問道：「喂喂，宋彌恩，你沒事吧？」我伸手拍拍他的肩膀。

他依舊摀著臉，但慢慢地點了點頭。

「真的沒事？」我緊皺著眉頭，又問了一次，「你把手放下來我看看。」看他這個姿勢，我實在忍不住懷疑他是不是流鼻血了。

他聞言，慢慢把手放下來。他先是露出自己炯炯有神的眼眸，接著才露出了整張通紅的臉。

「沒流鼻血嘛。」我鬆了口氣。但如果不是流鼻血，那他為什麼要摀著臉？

我很快地發現他的臉比原本紅得更厲害了——我恍然大悟，原來是因為害羞啊。可是，他為什麼會突然……驀然，剛才那句沒來得及被我理解的話就竄入腦海裡。

「……我只喜歡被詠絮學姊差遣。」宋彌恩的聲音軟綿綿的，還帶了一點顫抖。

我盯著宋彌恩，睜圓了眼。我抿抿唇，迴避此刻宋彌恩的目光，緩緩後退了幾步，開口說道：「……啊，沒事就好。」

我心中有一股異樣的感覺在蕩漾著，但我卻不明白那是什麼感受，只覺得整顆心有些躁動不安。

「我們走吧。」我沒敢去看宋彌恩的臉，逕自邁出步伐。

「……嗯。」宋彌恩低頭應了一聲，慢慢地跟在我身後。

走出校門口時，我回頭看了宋彌恩一眼。他垂著頭，一步一步前進，和我保持相同的步伐節奏，肩上還扛著兩個書包……我心中頓時一軟，剛才那些隱約的尷尬，似乎也煙消雲散了。

於是，我放慢步伐，與他並肩同行。宋彌恩似乎察覺了，緩緩抬起頭來，有些訝異地望著我。

我對他彎了彎唇，「不是要一起走嗎？」

宋彌恩跟著露出笑容，連眼睛都像月牙一般地彎了起來。他用力點點頭，用爽朗的聲音對我說道：「嗯，一起走吧！」

離放學已經有一段時間了，所以校園四周並沒有很多人。我們倆就這樣在紅磚道上漫步。

「對了，宋彌恩。」

「什麼？」他問。

「你不是有什麼事要跟我說嗎？」我偏頭去看他。

宋彌恩聽了我的問題，卻是一臉狐疑，「有事？什麼事啊？」他的眼睛眨呀眨地，好像完全不知道我在說什麼。

看他這樣的反應，我更疑惑了，「啊？你說要跟我一起回家，難道不是有事要跟我說嗎？」如果不是有事要和我討論，他幹嘛找我一起走？

「沒有啊……」宋彌恩皺起眉頭，表情困惑。

突然，他張大嘴巴「哦」了一聲，像是恍然大悟。但接下來他卻搔了搔頭，一副很不好意思的樣子。

「怎麼了？」我問。

「嗯……一定要有事才能一起走嗎？」他眼珠子轉了轉，像在思考。

我被他這樣無厘頭的問題噎了一下，良久才找回斷掉的思緒：「……也不是這麼說啦。」

宋彌恩對我笑了幾聲，終於開口解釋：「我沒有事要找詠絮學姊啦，只是想和妳一起聊聊天、一起走段路而已。」

聽見這句話，我心中舒暢了不少，心情也跟著愉悅了起來。我微微一笑，「原來是這樣啊。抱歉，我還以為你有什麼事要說。」

「那，如果一開始就知道沒事，學姊還會答應和我一起走嗎？」突然，宋彌恩這麼問，同時以認真的眼神望著我。

我愣了一下，理所當然地回應：「會啊。」我甚至沒有轉過第二個念頭，就這樣自然地脫口而出。而事實上，我似乎也找不到什麼拒絕的理由。

宋彌恩聽了我的回答，露出驚喜的表情，「真、真的嗎？」

我輕輕點頭，不懂他為什麼這麼容易開心。

「那學姊……以後我也能常常跟妳一起走嗎？」宋彌恩的眼神閃亮，我彷彿能透過他的眼眸，窺見他內心最深處的喜悅。

我依舊愣著，下意識就反問回去：「為什麼不行？」

他咧開嘴，笑得極為燦爛，聲音甚至略顯雀躍：「謝謝學姊！」

為什麼要謝我呢？我忍不住笑了，「你還真容易滿足耶。」

宋彌恩笑著搔了搔頭，沒有回應。

我們又一起走了一段路。不知不覺，紅磚道已經要走完了。照理來說，我們也該在這裡道別。於是，我偏頭向宋彌恩說道：「我要過馬路囉。書包給我吧。」說完，我就伸出手，等待即將到來的重量。

但宋彌恩卻遲遲沒有還我書包。我有些納悶，望著他，他才慢慢地笑了起來，說道：「學姊，我陪妳過完這個馬路吧。」

我伸出的手仍停在原地，頓時有些尷尬。就在我猶豫該何時把手收回來的時候，我感覺到一股溫熱襲上自己的手背——是宋彌恩拉住我的手，慢慢地往下挪。我愣然地盯著他、以及我們交疊的手，腦袋一片空白。

待我回過神來時，我的手已經回到我自己的腿側，而宋彌恩也鬆開了手。

他這是……怕我尷尬才做的嗎？我為宋彌恩的貼心感到震驚。正當我開口要說些什麼的同時，宋彌恩的聲音已經傳來了：「學姊，綠燈囉。」

他左右顧盼，確認沒有來車後，轉頭對我莞爾一笑，「學姊，過馬路吧。」

我愣愣地回應：「喔，好。」我跟上他的腳步。而他就走在前面，一直左右觀察路況。

他的身形本就纖瘦，穿著白色的制服襯衫更顯單薄，加上肌膚白皙，一直都讓我覺得他是個需要人照顧的小學弟。

可是現在，他一雙肩膀上就扛了兩個書包，走在我的面前，認真注意路況，讓我能夠放心地跟著他的步伐……我突然意識到，他雖然看似稚氣，卻已經是個能讓別人依靠的對象了。

我們很快地過完斑馬線。停下腳步後，我對宋彌恩說道：「謝謝你還陪我走過來。」

宋彌恩微笑著，搖搖頭，「不會啦！」他一邊說，一邊把右肩上的書包拿下來，遞給我，「學姊，妳的書包。」

我向他道謝，然後伸手接過。我背起書包後，抬頭對他淺笑道：「好了，那我走囉。」我伸手朝他揮了揮，「再見。」

他露出了一個很溫潤的笑容，同樣伸手對我揮舞幾下，「學姊，掰掰！」

得到他的回覆後，我轉身邁開步伐。走了一段路後，我才緩緩地回頭。我看見遠處的宋彌恩仍站在馬路前，等待紅燈轉綠。

他剛才其實真的不必陪我過馬路的……我感覺自己心中，有一股溫暖的感覺流淌而過。

＊＊＊

吃完晚餐、洗好澡後，我回到自己的房間。我坐在書桌前，把自己今天帶回來的課本和作業全部從書包裡拿出來疊在桌上。看著堆積如山的書本，我忍不住嘆了口氣。星期一又有一堆科目要小考，看來這幾天又有得忙了。

我腦袋不怎麼聰明，也不喜歡讀書，但我還是會利用每天晚上溫習功課，要求自己每次段考至少都要維持在班級排名中段──我認為這是屬於我的責任心。就算無法做到最好，至少也要能讓人放心。

我深吸一口氣，振作精神，然後翻開了第一本書，開始用功。

正當我還在和艱澀的文言文奮戰時，我聽見自己的手機響起訊息聲。一聽見那道清脆的聲音，我立刻就被轉移了注意力，腦海裡原本像跑馬燈一樣跑著的文字全部在這瞬間消失無蹤。

我匆忙地從書包裡翻出自己的手機。

一看見方寅學長的名字，我心臟登時開始失速跳動。我緊抓著手機，小心翼翼地查看訊息──

「星期五愉快。」簡短的一句話，卻足以令我心神蕩漾。我拿著手機，盯著螢幕上那一串字，忍不住揚起笑容。

「學長也是！」我輸入訊息，不由得斟酌了一下，將最後的驚嘆號改成句號，又遲疑了半晌，最後還是改回驚嘆號。我來回重複確認了幾次，才終於把訊息傳送出去。

接著，我又輸入了一句話，傳送出去：「學長，念書加油。」一想到我才高二就每天被考試追著跑，身為準考生的方寅學長肯定更辛苦。

學長很快地回覆：「謝謝，妳也是。」

握著手機，我忍不住笑得更深了……有一種甜蜜的感覺在心中滋長，悄然蔓延。若非有過上星期那次約會，我根本無法想像自己也能有這樣和方寅學長互傳訊息的一天。

忽然，我想起了一件事。我立刻跑到床邊，拿出我放縫紉用品的袋子，從裡頭拿出白色襪子。現在距離聖誕節只剩下將近三個月……考量到之後還有段考和學校的大型活動要忙碌，我頓時有些緊張。要送給方寅學長的娃娃，得要趕緊動工了。

我看看時間，剛巧過十點。雖然今天念書的進度還沒有達成，但今天是星期五呢……就讓我稍微偷懶一下吧？何況，我也沒有偷懶啊，只是想趕快把學長的禮物完成而已。至於讀書……明天再把進度補回來不就行了嗎？

經過內心一陣天人交戰後，我終究打敗了心中的罪惡感。

一獲得自己的赦免，我立刻喜孜孜地把書桌上的課本全部收起來，拿出白色襪子、隱形筆、針和線，開始思忖該如何下手。

在我終於鼓起勇氣、剪下襪子以後，我立刻就懊悔了，越看越覺得自己剪歪了——因此，我又拿了一雙新的襪子，重新來過一次。

好不容易滿意了，開始動手縫合，但才剛縫沒多少，我又不禁退縮了——天哪，我縫得實在太醜了吧！不行不行，再重來一次吧。於是，我又拆掉重縫了，而且不止一次。

就在這樣反覆的修改之下，我即使縫了一整個晚上，卻仍然沒有什麼進度——除了把襪子剪好以外，我什麼都還沒完成。

一想到時間越來越緊迫，我感到莫名的心急和慌張，滿腦子都是「要趕快縫娃娃啊」。

就這樣，明明原本告訴自己假日要讀書的，結果總是沒讀多少又想起娃娃的事……不知不覺中，我竟然把兩天假日全都耗費在縫娃娃上頭了。星期一的小考我根本沒有準備，作業也是星期日晚上才匆匆完成。

果然，我才兩天沒讀書而已，後果立刻反映在成績上——我三張小考考卷加起來竟然都還沒到一百分。

坐在教室裡，我手中拿著那三張成績慘不忍睹的考卷，心情不禁盪到谷底……我嘆了口氣，無奈地告訴自己：今天晚上回家可不能再顧著縫娃娃了，得趕快念書才行。

隔天早自習，是我們學校一週一次的全校朝會。

今天豔陽高照，我跟在長長的隊伍後頭，才剛到操場就已然滿頭大汗。張揚的日光曬在皮膚上，感覺隨時會把皮膚烤出一層焦黑。我一邊抓著領子透風散熱，一邊瞇著眼睛發呆。

就在這時，我和旁邊的同學湊巧對到眼了。於是我微笑，向她道早安，她也對我燦爛一笑，「啊，詠絮早啊！今天好熱喔，真不想參加朝會。」

她是我們班的同學，叫做王曉梅。曉梅的長相很清秀，身形又嬌小，整個人散發出一股可愛清新的氣質，而且她性格隨和，成績也很優異，跟大家都處得很好，師長也都很喜歡她。

我們班在高一升高二要選類組時，大部分的學生都選擇了一類組，所以沒有拆班，就這麼原班升上高二。換句話說，我和曉梅同班了兩年，也正是因為如此，雖然我們沒什麼機會說到話，但還算熟識。

「對啊，真的快熱死了。」我用手搧了搧，但只是徒勞無功，熱氣絲毫沒有消散。

「……真希望可以廢止朝會這種活動啊。」曉梅說道，接著俏皮地吐吐舌。

而我忍不住噗哧一笑，回答道：「真的！」

曉梅張了張嘴，似乎還想和我聊些什麼，但司儀已經宣布朝會開始了。她露出苦笑，伸手指了指司令臺的位子，表情似乎在說「我們還是專心參加朝會吧」。

唱完校歌和國歌後，緊接著就是校長致詞。校長致詞永遠又冗長又枯燥，我整個人已經快熱昏了……到底什麼時候才要結束？

忽然，我在校長的話裡捕捉到了幾句關鍵：「今天是高三同學在學測前的最後一次朝會。校長我跟主任討論過後，希望替你們保留最好的讀書環境，所以之後每週一次的晨間朝會，高三可以不必參加。」

此話一出，操場另一頭的高三班級就傳來震耳欲聾的歡呼聲，甚至還有此起彼落的「謝謝校長」。這時，曉梅偷偷湊到我耳邊，笑道：「我剛才說過希望能廢止朝會，高三就搶先享受到了。」

我聽了，並沒有答話，但對她露出了一抹認同的笑容。

事實上，我在第一時間，心中湧上的並不是羨慕的感受，而是想起了方寅學長——一想到學長再也不用站在大熱天下、接受如酷刑一般的朝會，我就忍不住揚起微笑。

「前幾天高三第一次學測模擬考的成績也出來了。我們家長會很有心，為了鼓勵高三學生努力準備考試，特別準備了獎勵金，提供給成績亮眼的學生……」校長補充說明道。

原來學測模擬考的成績已經出來了……真不曉得方寅學長的成績怎麼樣？

校長致詞終於結束，臺下響起了宏亮的掌聲。

司儀緊接著宣布頒獎開始。而第一個獎項就是剛才校長提到的，為高三模擬考表現優異的學生提供的獎勵金。

而當司儀開始唱名，我聽見那個熟悉的名字，心中登時一陣怦然——「現在頒發家長會所提供的高三優秀學生獎勵金。三年一班，方寅。三年二班……」

學長真的很受歡迎，司儀才剛念到他的名字，臺下就有人在歡呼、叫喊他的名字。這瞬間，我似乎又感覺到了以前每次看學長表演時的熱血沸騰。

忽然，我身旁的曉梅跟著那陣歡呼聲大喊了一聲：「主唱學長好棒！」我被她突如其來的叫聲嚇了一跳，瞪大眼睛，轉頭看著她。

曉梅察覺了，轉頭過來對我道歉：「啊，抱歉抱歉，我太激動了吧？」

我愣然地搖搖頭，嘴上說著「沒關係」，心中卻很納悶曉梅為什麼要跟著歡呼。

驀然，我恍然大悟。因為曉梅她就是熱音社的成員啊！難怪她會認識方寅學長，因為在這次暑假以前，他們都還是同一個社團的成員。

我仔細回想，自己每一次去看方寅學長的表演，無論是校慶、社團成果發表，似乎都有曉梅的身影……

但或許是因為當時才高中一年級、曉梅出來表演的時間都不長，再加上我的目光總是只專注在方寅學長身上，導致我一時就忘了班上的曉梅也是熱音社的成員。想到這裡，我對眼前的王曉梅就生出了一絲歉疚的情緒。

方寅學長的身影很快地出現在司令臺上。他長得很高，在一群人當中，一眼就能看見他。我的心跳悄然加速。

原來，學長不只是有才華、有風度、有外表而已，連成績都這麼令人欽慕……而這樣優秀的人，前幾天竟然還和我互傳訊息。只要一想到這裡，我就感覺自己幸福得快哭了。

突然真羡慕曉梅呀，能和方寅學長一起度過一年的社團時光。

就在此時，我腦海浮現了一個人的身影。記憶裡他那雙總是晶亮的眼眸、以及總是不經意漾起霞紅的臉頰，讓我有些失神……

我不禁心想——其實，能和宋彌恩這樣有趣的學弟度過社團時光，似乎也很不錯啊。我忍不住漾起一抹笑。

學長向校長敬禮、接過獎項後再一次敬禮，然後跟著隊伍下臺。整個流程才不過幾秒鐘的時間，但他每一瞬間的身影都已被收藏在我的眼底。

雖然我曉得在茫茫人海裡學長是看不見我的，但我卻不自覺繃緊了全身，讓自己站得又挺又直，甚至努力維持臉上燦爛的笑容。

直到學長走下臺後，我全身的緊繃感瞬間消失，忍不住鬆了口氣。我的目光不經意地掃過身旁的曉梅，卻見她臉色有些古怪、直直盯著司令臺。

我頓了頓，順著她的視線看去——我發現她正盯著方寅學長，目光也隨著方寅學長挪動，而她的神情竟有些複雜……似乎帶著些許沉重和黯然。

但我並沒有想太多，很快地收回了目光。心想著只是天氣炎熱，她提不起精神吧？

＊＊＊

因為早上幸運地見到了方寅學長，所以我今天一整天心情都非常愉悅，上課也格外地認真——想起方寅學長優秀的成績，我不知不覺就充滿了讀書的幹勁。

放學時，我很快地收拾好書包，準備要趁著這股氣勢衝回家好好念書，卻在走出教室的瞬間想起了宋彌恩。

「那學姊……以後我也能常常跟妳一起走嗎？」他問起這句話時，眼神帶著一點小心翼翼，卻是格外閃亮的，彷彿有著成千上萬的繁星在他的眼底閃爍。

他說的「常常」，究竟指的是什麼時候？會不會待會他就跑來找我了？如果是這樣的話，我該等他嗎？我此刻站在教室門口，不由得開始苦惱起來。

我站在這裡等，也不曉得他今天會不會來找我呀……要是今天他根本沒要找我一起回家，我豈不是在浪費時間？

經過一番深思後，我決定自己先到宋彌恩班上瞧瞧。我轉了個方向，決定前往一年級教室。

走廊上人滿為患，全是背著書包準備離開的同學。我和大家前進的方向都不同，不知不覺就成了「逆流而上」。我努力閃避每個經過我身邊的人，偶爾還不小心被撞了一下。

忽然間，我看見一個熟悉的人影，緩緩地朝我走過來。在人潮中，我仍能清楚看見他那張白皙清秀的臉——我這才發現，那個在我眼中只是小學弟的宋彌恩，其實也擁有在人群中脫穎而出的魅力。

我一時愣然，不自覺停下腳步，被人撞了幾下才回過神來，趕緊退到一旁。

此時，宋彌恩也看見我了，對我露出一抹靦腆的笑容，還舉起手朝我揮了揮。我跟著露出笑容，向他點點頭。

等他走近我了，我才開口：「你是來找我一起放學的？」

宋彌恩聽了，用力點點頭，臉上笑意依舊。

「我正好要去找你的。」我微笑說道。

他聞言露出了驚喜的表情，眼裡盈滿喜悅，「謝、謝謝學姊……」

我聽了，只是微微一笑。對於宋彌恩總是突如其來的道謝，我現在似乎已經很能適應了。

「所以，以後是每天都要一起走嗎？」我問，又補充說道：「總要訂個時間吧？不然我不曉得哪天要等你。」

宋彌恩愣了一會兒，接著問：「可、可以嗎？真的可以每天都一起走嗎？」他此刻又露出了閃亮的眼神。

我噗哧一笑，「如果你想的話，當然可以。」

「那，我們就每天一起回家吧……謝謝學姊！」宋彌恩咧開嘴笑了，語氣歡快。

看見他這麼開心的樣子，我腦中竟生出了「想要給他更多」的想法。實際上要給些什麼我也不是很清楚，就只是腦袋裡突然一閃而過的想法——想要給他更多、想再看見他更高興的模樣。我不禁被這個沒頭沒腦的想法嚇了一跳。

我清了清嗓，趕緊開啟新的話題：「如果臨時有事不能一起走的話，就打通電話吧。」我說。

話音方落，我才想起自己還沒有宋彌恩的手機號碼，於是我從口袋裡拿出自己的手機，朝著宋彌恩晃了晃，「來交換號碼吧。」

宋彌恩吃驚地望著我，眼睛睜得很大，嘴裡念念有詞：「學姊的手機號碼……」

我納悶地看著他，伸手在他面前揮了幾下，「你在發什麼呆呀？」我沒好氣地笑了，「快告訴我你的號碼，我打過去給你。」

宋彌恩回過神來，紅著臉念了一串數字。我在手機裡輸入了號碼，然後撥出電話，湊近耳畔。

然而，我卻聽見電話那頭傳來手機關機的提示音，我詫異地把手機拿下來，「怎麼說是關機……」我一邊問，一邊抬頭看他。

此時宋彌恩已經拿出了手機，他愣了一下，然後搔了搔頭，「啊……抱歉，我忘了我還沒開機。我現在馬上開！」說完，他立刻低頭去按手機的開機鍵。

我先是一陣驚訝，然後忍不住笑了出來。

現在這年頭，竟然還有高中生會在上學時乖乖把手機關機？何況我們學校對手機一直都抓得不嚴，除了下課時間以外，也有不少人會在上課時偷滑手機。我在這所學校待了兩年，除了段考以外從沒看過有同學把手機關機。

宋彌恩聽見我的笑聲，困惑地抬起頭來，問道：「……怎麼了嗎？」

我聽見他這樣問，不小心又笑了幾聲——宋彌恩這個人，真的是很單純耶……

終於交換完號碼後，我才發現走廊上人潮也散去了不少。

「我們走吧？已經很晚了。」我看看手機上顯示的時間，提議道。

宋彌恩點點頭，「好，我們走吧。」他說完，立刻笑嘻嘻地踏出步伐。

因為是回頭走，所以途中不可避免地經過了我的教室。我本來維持一樣的速度，正要直接走過去，卻不經意看見教室裡頭還有人影。

我停下腳步，探頭看了一眼，才發現是王曉梅。曉梅和我對上了視線，她一手拿著寶特瓶裝的紅茶，另一手則朝我揮了幾下，「詠絮，妳怎麼還沒走？」她笑著問道。

我回予她一抹笑容，「要走了。倒是妳，怎麼還留在這裡？」我問。

教室的電燈已經全關上了，在昏暗的教室裡，曉梅手中的紅茶包裝卻是大紅色的，實在有點搶眼，我下意識就看了一眼她手中的寶特瓶。

曉梅微笑著，動了動唇，準備要說話，但在察覺我的視線後，突然就噤了聲。正當我感到納悶的同時，就見她匆忙把手上的飲料藏到身後，臉上的笑容也變得僵硬。

我皺起眉頭。我不過就是看了一眼她手上的寶特瓶而已，她為什麼要突然露出慌張的神色？就好像不想被人看見那瓶飲料似地。

「沒事，只是書包收得比較慢而已。」她維持著笑容，「詠絮也早點走吧！不是還有人在等妳嗎？」她抬了抬下巴，我循著她的視線望去，就看見在一旁默默等待的宋彌恩。

「喔，對……那我先走囉？」我偏頭說道，「妳自己也早點回家。小心安全。」

曉梅笑著點點頭，「我會的，謝謝妳。詠絮，掰掰啦！」

和宋彌恩一起走在校園裡，我實在按捺不住心中的疑惑，轉頭朝他問道：「問你喔，你剛有看見曉梅把飲料藏到身後嗎？」

宋彌恩似乎被我問得莫名其妙，一臉茫然，好一陣子才反應過來：「哦！妳說的『曉梅』，是指剛剛那個學姊嗎？」

我點點頭，「對，就是她。」

他轉了轉眼珠子，似乎在思考，「……應該有吧？我沒注意看，不太確定。學姊，怎麼了嗎？」他歪頭問。

「啊，沒什麼……」我垂下眼瞼，「只是有一種怪怪的感覺。」

「什麼怪怪的感覺？」宋彌恩追問。

這種感覺要我怎麼描述才好呢？無憑無據的……於是，我搖搖頭，揚起一抹笑，「沒事啦，應該是我多想了。」

這時，宋彌恩卻露出了格外真摯的眼神，「學姊，雖然妳可能覺得我年紀小不懂事……但不管有什麼困擾妳都可以跟我說的！哪怕只是沒有根據的第六感，我也都願意聽妳分享喔！」他說完，甚至舉起拳頭往自己的胸口敲了幾下，做足了氣勢。

我幾乎傻在原地，他也未免太誇張了吧？

平時看他可愛慣了，現在他擺出這種略顯嚴肅的表情，我竟然還是覺得他很可愛……就好像一隻柴犬裝霸氣，儘管再怎麼裝還是一樣萌。我不禁嘴角上揚。

正當我微笑著、思考怎麼回絕他時，突然就想起他過馬路時扛著兩個書包、以及剛才在人潮裡朝我走來的身影。莫名地，我心中有股暖暖的感覺，也突然找不到理由拒絕了。

「……剛剛我看了一眼曉梅手上的飲料瓶，結果她很快地把飲料藏到身後了。我總有一種她不希望別人看見那瓶飲料的感覺。」我說。

我一說出口就有點後悔了，這種莫名的想法明明連煩惱都稱不上，我似乎不該和宋彌恩說的。

然而，宋彌恩對這件事的態度卻很認真，「原來是這樣。」他一邊說，一邊用力點點頭。

宋彌恩這樣的舉動讓我放心了不少，至少不會讓我覺得自己只是小題大作。

只見他沉思了一會兒，突然開口：「有沒有可能是曉梅學姊怕妳……搶她的飲料來喝？」

……這什麼跟什麼啊？聽見他的推測，我實在憋不住，直接大笑出聲。

他盯著我上氣不接下氣地笑著，茫然地撓撓鼻子，「學姊，我說的話很好笑嗎……」

我仍舊大笑著，彎下身大力拍著自己的大腿，「真的、真的很好笑！」

「雖然不知道學姊在笑什麼……」他搔了搔頭，「但能讓學姊這麼開心……我也很開心喔。」

說完，宋彌恩露出了一抹難為情的笑容。

今天回到家後，我的心情依舊保持雀躍。只要一想起宋彌恩的舉動，我就忍不住開懷大笑。

我趕緊吃完飯、洗好澡，便回到房間開始奮鬥。

今天念書的效率很不錯，一轉眼時間就到了十一點半，是該睡覺了。

我解脫似地把書闔上，伸了個懶腰，揉揉酸澀的眼睛。今天的進度總算結束了——驀然，我想起自己進度告急的娃娃。

就縫半小時吧，十二點睡覺也還好呀……我在心裡對自己說道。於是，我決定犧牲半小時的睡眠，開始縫娃娃。

殊不知，今天我依舊拆拆縫縫，重新來過好幾次——當我再次抬頭時，赫然發覺時間已經將近凌晨一點了！我嚇得立刻把手中的襪子、針和線全部收起來，準備上床睡覺。

熬夜的結果就是，隔天我上課狀況極差，一直無法提起精神，一到下午更慘，瞌睡連連，根本無法專心……

就在最後一節課鐘聲敲響時，學藝股長走到講臺上，對大家說道：「第一次段考的考程表已經貼在佈告欄囉！大家記得去看看。」講臺下響起一片哀號聲。

段考考程表通常都是在段考前兩個禮拜公告的，難道……不會吧？不會這麼快就要段考了吧？

我趁老師還沒來之前，衝到後面看了一眼考試日期，忍不住在心中吶喊：「段考怎麼這麼快就要來了啊——」

我苦著臉，慢慢地走回自己的位子，卻在途中經過了曉梅的座位。由於昨天放學的那件事，我不由得停下腳步，多看了幾眼。但曉梅不知道去哪裡了，到現在都還不見人影……

就在我這麼想著時，餘光就瞥見了教室門口有一抹人影走進來。我一開始還以為是任課老師來了，匆匆忙忙跑回自己的座位。

但當我回到座位、回頭一看後，卻發現剛才走進來的人是王曉梅。

而最讓我感到詫異的是，她手中正拿著和昨天一模一樣的紅茶——唯一不同的是，那瓶飲料看起來就是全新的。因為我和曉梅的位置離得並不遠，所以我甚至能看見那瓶紅茶的瓶身正冒著水珠。

我將視線挪向曉梅，發現她的表情又是那天朝會時露出的複雜神情——除了沉重和黯然以外，現在看來似乎還有一絲猶豫。

「到底是怎麼了……」我喃喃自語，心中越來越感到不對勁。曉梅到底遇到什麼事了？那瓶飲料又是怎麼回事？這副模樣，絕對不是怕我搶她飲料這麼簡單而已。

但畢竟還只是毫無依據的猜想，我也不好意思直接跑去問曉梅，只好把這個疑問深藏心底，繼續默默觀察曉梅。

不知不覺，時間又飛快而過。距離段考竟只剩一個星期了。

在這段時間裡，方寅學長傳訊息給我的次數增加了，雖然內容依舊是普通的問候，但對我來說已是莫大的喜事。我把他傳給我的訊息都一一截圖收藏，甚至還在手機裡開了一個專門的相簿存放那些圖片，相簿命名為「方寅學長」。

或許是這些訊息的魔力，我每天念書都很有衝勁。然而，每次念完書，我就會想起自己那幾乎零進度的娃娃，於是又會忍不住犧牲睡眠時間在縫娃娃上頭，然後每次都不小心縫得太晚……這樣的惡性循環，讓我幾乎每天上課都在打瞌睡，卻又無能為力。

「詠絮學姊，妳最近精神好像不太好。還好嗎？」放學時，我身側的宋彌恩突然出聲問道。

我抬頭，看見他正皺著眉頭，很是擔憂的模樣。

連這都能發現……他也未免太神通廣大了吧？我突然就想起之前在超商時的偶遇，他也是一眼就看出我備受經痛的折磨。

「沒事啦，就是有點睡眠不足而已。」我一邊說，一邊揉揉眼睛。

「是因為段考嗎？」宋彌恩問，「雖然段考很重要，但學姊還是要照顧好自己的身體。」說完，他對我露出一抹溫潤的笑。

我腦海驀然響起他曾對我說過的話——

「或許妳會覺得我很雞婆，不過我覺得……不管是誰約妳，他都不比妳的身體重要啊。」

我沒有吭聲，但心中不由得一沉。

宋彌恩見我不說話，卻也沒有追問，只是與我一同沉默地走完紅磚道，然後再貼心地陪我過了馬路。

過完馬路，就到了要道別的時候。我擠出一抹笑，轉身面對他，說道：「謝謝你。我走囉。」

宋彌恩雖然看起來有些黯淡，但聽了我這句話，立刻恢復了平時的笑容。他咧開嘴笑著，開口：「學姊，再見！」

我一邊揮手，一邊轉身離去。當我再次回眸，宋彌恩人就站在斑馬線前等待綠燈。

他剛才為什麼沒有繼續追問呢？這並不是他的作風。

——是不是，他也想起了那天的事？

我不禁皺起眉頭，望著他的背影，有些失神。

＊＊＊

就這樣度過了精神不濟的一週，段考就這樣不知不覺地到來、又不知不覺地結束了。

因為考試剛結束，所以大家都顯得格外興奮，整間教室裡充滿歡快的氛圍，但我卻怎麼也高興不起來。

我這次數學有五題沒寫完、好幾題都是用猜的，英文的閱讀測驗也有將近半面沒完成……一想到這些，我的心情就不禁低落了起來。

這一節下課是打掃時間，只要打掃完就能放學。同學們一邊打掃、一邊討論答案，而我根本不敢參與討論，只好拿著掃把跑得遠遠的。

我躲在教室後門，有一搭沒一搭地掃著牆壁邊緣的灰塵。掃完後，我趕緊整理好書包，準備逃之夭夭，但又想起每天都會來找我一起放學的宋彌恩……

我嘆了口氣，最後決定到宋彌恩班上找他。

大部分的學生都還在打掃，所以走廊上人潮並沒有像往常放學時那麼恐怖。

我很快就到了宋彌恩的教室。我站在走廊上，只是稍微探頭看了一下，沒想到一眼就看見宋彌恩的身影。

他已經背好書包，雙手拉著後背包的肩帶，一邊踮腳、一邊晃呀晃地。旁邊有幾個男同學，手裡拿著籃球，看起來和他有說有笑。過了半晌，宋彌恩臉上也露出了難為情的笑容。

——宋彌恩的人緣似乎還不錯呢。我站在外頭，忍不住笑了出來。

這時，宋彌恩若有感應似地往這裡看了一眼。當他和我對上視線時，表情明顯一滯。

他扭頭和同學說了些什麼，接著立刻背著書包跑出教室，喜孜孜地望著我，「學姊！妳這麼早就放學啦？」

我微微一笑，點點頭，正要答話，卻看見他身後那群同學正盯著我們，露出疑惑的神情——我被看得有點難為情，笑著問宋彌恩：「剛看你和朋友聊得很開心。沒打擾到你們吧？」

宋彌恩搖搖頭，「當然沒有囉！反正我也差不多要去找妳啦。」宋彌恩咧開嘴笑了一下。

但我看他身後的那群朋友，臉上除了疑惑，似乎還有一點……遺憾？這讓我感到納悶，於是我直接問道：「你們剛在聊些什麼？」

宋彌恩尷尬地搔了搔頭，「沒什麼啦……就是段考完了，他們想找我去打球……不過沒關係，我剛剛已經拒絕了。」

我一驚，「幹嘛拒絕？」

男生應該最喜歡打球了吧？我們班剛剛考試才一結束，馬上就有一群男生叫嚷著待會要去籃球場了。難怪他那群朋友會露出遺憾的表情，肯定是遺憾不能跟宋彌恩一起打球。

「喔……」宋彌恩抓抓鼻子，「因為要和學姊妳一起放學啊。」

我無奈地笑了，「你不是有我的手機號碼？先打電話跟我說一聲就好啦，明天再一起走也沒關係的。」宋彌恩這個人到底有多單純呀？

他露出心虛的表情，遲遲沒有回答。

我看見他這個樣子，忍不住笑得更深，「好啦！你快跟他們一起去打球吧。」我一邊說，一邊輕輕推了他一把。

不料，宋彌恩卻抓住了我的手，皺起眉頭，說道：「學姊……妳不想和我一起走嗎？」他歪頭問。

我愣了好一陣子，唯一感覺到的，就只有他手中的溫度。

不曉得什麼時候，他已經鬆開了我。剛剛宋彌恩會突然抓住我，大概只是想阻止我的觸碰。

沒來由地，我感到有點不好意思，將手不著痕跡地覆到身後。

「當然不是啊。」我說。

宋彌恩露出鬆了口氣的表情，「那就好！」他頓了頓，慢慢地笑了，然後說道：「……比起打球，我還是比較想和學姊一起放學。」

他說這句話時，音調軟綿綿的，像是一朵隨時會在空氣中化掉的棉花糖。

我不由得一愣，站在原地，過了半晌才回過神來。我若無其事地笑了笑，然後說：「那走吧。」

直到轉身與宋彌恩並肩而行，我心中那種微妙的悸動，仍然難以平復。

現在，我已經很能習慣與宋彌恩之間的沉默。即使現在走在紅磚道上，誰也沒說一句話，我也不會感到尷尬，甚至還能恬淡自如地欣賞沿路風景。

就在此時，一直走在我身側的宋彌恩突然開口了，語氣帶了一絲猶豫：「學姊……我能不能問妳一個問題？」

他語氣裡的小心翼翼，不由得讓我停下腳步。我愣愣地盯著他，心中生出一絲忐忑，不曉得他要說些什麼。靜默了半晌，我做好心理準備，才慢慢啟唇：「……嗯，什麼問題？」

「學姊妳……是不是喜歡方寅學長？」宋彌恩輕皺起眉頭，認真地問。

哪怕我已做好了心理準備，聽到這句話時，仍不自覺倒抽了一口氣。

「……我不是說過別討論這件事了嗎？」我撇開視線，有些不自在地說。

「我並不打算批評方寅學長……只是想問妳，是不是喜歡方寅學長？」他低聲說道。

老實說，我一直以為自己表現得很明顯，任誰看都猜得到我喜歡方寅學長，我也不介意被人識破——然而被宋彌恩這麼一問，我竟感到有些難以啟齒。

「……為什麼要問這個問題？」我下意識反問回去。

宋彌恩安靜了一會兒，才輕聲回答：「學姊，妳最近看起來精神不濟的原因，應該不只是因為段考而已吧？」他頓了一下，繼續說道：「或許這麼說有點武斷……但我猜，那個讓妳心神不寧的人，大概就是方寅學長吧？」他說這句話時，聲音依舊是軟綿綿的，似乎刻意放低了聲音，深怕我聽了不舒服。

我抿了抿唇，沒有答話，內心有一種被看穿的窘迫，但除此之外，我的反應並沒有如上次那般激烈，反而是平靜淡然的。

宋彌恩見我沒有回答，似乎知道我是默認了。他的聲音重新響起：「學姊，我真的沒有要批評方寅學長的意思。我只是想說……不管學姊喜歡誰、為誰而心神不寧，都要更愛自己一點。」

我看向他，有些茫然地眨了眨眼。卻見宋彌恩露出了一抹苦笑，「學姊，我只想看見妳健康開心的樣子。不管妳喜歡誰、想為了誰付出時間和心力，我都希望妳依舊是那個爽朗可愛的詠絮學姊，不要因為別人，而忘了自己真正想要的東西、忘了自己真正的模樣。」

我詫異地望著他，一時說不出話來，腦袋一片空白——我從沒想過宋彌恩會對我說出這麼意味深長的話，像是一種溫馨的叮囑。這讓我感到無所適從。

「學姊……」宋彌恩說完那段話後，突然露出了畏縮的神情，低低喚了我一聲。

我回過神來，盯著宋彌恩那雙帶了點膽怯的眼眸，我內心竟莫名有一股愧疚的情緒在滋長——

我很快地挪開視線，佯裝無事，看向近在眼前的斑馬線。

我很快地開口：「謝謝你今天又陪我放學，這次你就不用陪我過馬路了，明天見吧！」說完，我立刻邁開步伐往前走，也不管身後的宋彌恩有沒有聽見我說的話。

我在剛好剩下十秒的綠燈時間裡，小跑步通過斑馬線，而我連回頭看一眼的勇氣也沒有。

＊＊＊

回到家後，我感到一陣莫名的疲累，晚餐只吃了一點就回到房間裡。我趴在書桌上，感覺腦袋裡亂糟糟的，完全理不清頭緒來。

忽然，我聽見手機響起熟悉的訊息通知聲。我慢吞吞地把椅子轉向，彎身去拿自己的書包，翻找自己的手機。

是方寅學長：「恭喜妳今天結束段考。」

我茫然地盯著手機螢幕，發現自己在收到方寅學長的訊息時，心情似乎比往常平靜許多……但我仍然習慣性地按下截圖鍵，將學長傳給我的這則訊息保存起來。

存好後，我才開始在手機鍵盤上敲下訊息：「謝謝學長！」

忽然，我的手機開始震動、然後響起悅耳的旋律。我吃了一驚，愣愣地看著手機螢幕上顯示的「方寅學長」四個大字。我過了半晌才意識過來──方寅學長是直接撥電話給我了。

我立刻接起來，「喂？」這下，我心中也有點緊張了，這麼直接聽見方寅學長的聲音……

果然，學長的聲音在電話裡，依舊低沉迷人：「抱歉，我想說用打字的有點麻煩，就直接撥電話了。妳現在應該方便吧？」

我聽得有些入迷，朝著空氣點點頭，後知後覺地想起他看不見，於是開口：「方便方便。學長有什麼事嗎？」我捧著電話，往常那股興奮忐忑的感覺似乎又回來了。

「我這次模擬考表現得還不錯，所以想給自己放一天假。這個星期六，詠絮妳有空嗎？」

聽見那聲「詠絮」，我感覺自己的思緒都斷了線——雖然我看不見方寅學長的臉，但光是想像他的薄唇在唸出我名字時的起伏波動，我就感到一陣怦然。

「……有、有空。」我聽見自己的聲音帶了點顫抖。

「那能不能和我一起出去呢？這次不去圖書館了，地點由妳決定吧。」

第三章　蕾期

「那能不能和我一起出去呢？這次不去圖書館了，地點由妳決定吧。」學長略帶沙啞的迷人嗓音在我腦海中響起，我揪緊棉被，在床上滾了一圈，把自己捲緊在棉被裡，接著無聲尖叫——即使如此，那股快要迸發出來的雀躍，仍然不停在心中膨脹。

時間接近深夜，外頭一片寂靜，只有偶爾呼嘯而過的車子引擎聲。我停下翻滾的動作，筆直地躺在床上，聽見自己起伏的呼吸聲。

房間裡一片黑暗，我盯著天花板，天花板像是一個漆黑的洞穴，慢慢將我的興奮和雀躍都捲了進去，使我的心情悄然趨於平靜……

——第二次約會呀……雖然意識到這件事的當下我是開心的，但現在心情沉澱下來後，那個曾經疑惑卻沒有得到解答的問題，又悄然浮現心頭。

「就是……你怎麼會想約我出來？」

「妳覺得呢？」學長當時那種無奈又帶點戲謔的笑，仍然烙印在我的腦海中。

聽見那句話的當下，我並沒有多想，但現在回想起來，不禁更加困惑了。

他到底為什麼會約我出來？甚至是，今天又約了第二次？學長當時那樣轉移話題，難道是有什麼隱情？

過去的我，只深陷於和學長一起出門的喜悅裡，根本沒有仔細想過原因。現在想來，我不禁感到古怪。

——而最大的疑問還是，我和方寅學長之間……現在到底算什麼呢？

我思緒一片混沌，無數疑問不斷在黑暗中閃爍著。我睡得很淺，感覺自己搖搖晃晃地遊走在夢境和現實邊緣，就連在睡眠中都仍反覆思考著那些問題。

隔天早上，我不小心睡過頭，匆匆忙忙抓著書包就往家門外衝，一路跑到公車站，又追著公車跑了好一段路，好不容易才讓司機放我上車。最後，我壓線抵達學校，總算解除遲到危機。

但或許是昨晚沒睡好的緣故、再加上一大早的體力消耗，我整個早自習都趴在桌子上，昏昏欲睡。過程中，班長上臺宣布事情，但我實在扛不住睡意，直接墜入夢鄉，隱約只知道他宣布的事和校慶有關。

早自習鐘聲敲響時，我才忽然清醒過來。我揉揉惺忪的眼，四處張望。

忽然，我看見不遠處的曉梅。我的視線不禁多停留了幾秒。

曉梅正坐在自己的位子上看小說，過了半晌，就有個同學走上前和她攀談。她先是抬起頭，微笑著和對方說話，途中卻像是想起什麼似地一頓，然後悄悄地伸出手，將掛在桌子旁的袋子往抽屜裡挪。和她聊天的人絲毫沒有察覺異狀，曉梅也重新露出笑容，和對方侃侃而談。

看到這裡，我忍不住大感詫異。曉梅的動作和神情……就和那天我放學時見到的一模一樣。我又仔細看了一眼她剛才收到抽屜裡的東西，不由得感到困惑。這一次，她藏的東西不再是紅茶，而是學校附近一家早餐店的提袋，裡面還裝著一個三明治。

但還沒等我理清思緒，我就整個人愣住了。因為，那位同學和曉梅，忽然轉頭往我的方向看過來。

我驚訝地盯著他們，卻見她們露出難為情的笑容，彼此說了些什麼。過了半晌，曉梅就從位子上起身，慢慢走向我。

我還搞不清楚狀況，眨了眨眼睛，茫然地望著她。

「詠絮，我們倆有件事想拜託妳……不知道行不行？」曉梅一邊說，一邊雙手合十，語氣極為誠懇。

我愣愣地回答：「哦……怎麼了嗎？」

剛才和曉梅有說有笑的同學也走了過來，與曉梅互看了一眼。

曉梅深吸一口氣，像是做好心理準備，然後對我說道：「詠絮，我們兩個都是熱音社的成員……」她一邊說，一邊指了指身邊的同學，然後看向我，「我沒記錯的話，每次熱音社的表演，妳都會來參加，對吧？」曉梅問道。

我點點頭，「啊，沒錯。怎麼了嗎？」

「其實是這樣的，我們熱音社今年也會有表演，但畢竟上一屆的學長學姊太優秀了嘛……所以我們很擔心今年表演會沒人來看。」曉梅皺起眉頭，露出擔心的神色，「因此，我想邀請詠絮今年也來看我們的表演！至少臺下有認識的人，比較不那麼難堪嘛。」曉梅說完，兀自笑了幾聲。

我一驚，「怎麼可能？熱音社每次表演都是人滿為患的呀。」

曉梅俏皮地吐吐舌，「那是之前于蘋學姊他們的人氣太高、表演又很有水準，表演當然場場爆滿……但我們這屆的實力比他們差多了，也沒什麼有名的社員，我們都很擔心沒人來看表演！」

我心中了然，點點頭，「原來是這樣。沒問題，我當然參加囉！」我微微一笑。

雖然這次表演不會有方寅學長，但畢竟是同班同學上場表演，我有什麼理由不到場支持呢？何況，我其實也很喜歡熱音社每次表演時那種熱血沸騰的氛圍。

「那就太好了！」曉梅露出放心的神情，「要是連一個人都沒有，那實在太丟臉了。現在我們可以稍微放心了，至少不會沒人來。」

「妳們對自己太沒信心了吧？」我笑道，「妳們放心，我當天一定會努力替妳們歡呼吶喊！」

「那太好了，」曉梅笑了幾聲，「既然詠絮這麼捧場，那我就偷偷透露一件事吧！」

我微微一詫，「哦？什麼事？」

「我們表演當天會有神祕嘉賓喔。」曉梅微笑說道。

「神祕嘉賓？是誰啊？」我問。

「說出來就沒有驚喜啦！等那天詠絮就知道了，一定要來看表演喔！」

我雖然摸不著頭緒，但還是點點頭，一口答應下來：「當然，我一定會去的！」

＊＊＊

昨天段考才剛結束而已，今天接連著幾堂課都在檢討考卷，而我也知道了自己這次段考所有科目的成績。

即使早就已經做好心理準備，真正面對慘澹的分數時，我還是忍不住感到失望。正當我意志消沉的同時，卻想起了宋彌恩對我說過的那些話——

「我只是想說……不管學姊喜歡誰、為誰而心神不寧，都要更愛自己一點。」

比起當時的尷尬，現在想來，我卻因為這些話而感到溫暖。仔細想來，我這次段考會一落千丈，的確是為了方寅學長。

宋彌恩說的那些話，雖然讓人猝不及防，但無疑是在提醒我要更珍視自己。

回頭檢視自己一直以來對方寅學長的態度，我似乎都是卑微服從的——第一次約會時，我明明生理期，還是勉強自己吃了冰、傷害自己的身體；準備段考的時間裡，我明明該更重視自己的事情，卻還是分神去準備給方寅學長的禮物……

我喜歡方寅學長，這是無庸置疑的。但或許我之前喜歡他的方式，都偏離了軌道吧？這樣一味地盲從，似乎不是喜歡一個人該有的模樣……

想到這裡，昨晚曾經懸宕心頭的疑問，此時又悄然浮現心頭——方寅學長一次又一次地約我出來，原因是什麼？

我能不能稍微有點自信，認為他也是對我有好感、甚至是有一點喜歡我的呢？這是我以前從來不敢想、也從來沒想過的事，畢竟我根本沒有任何足以讓方寅學長動心的優點。

但學長會一直和我保持聯絡、甚至提出第二次約會的邀請，唯一的合理解釋，不就是他也喜歡我嗎？

我的臉開始發燙，我摀住自己的臉，在格外安靜的午休時間裡，心臟卻鼓譟地跳動著。

如果、如果學長也喜歡我，那我和他之間，就再也不是仰望和被仰望的角色了。我似乎該學著，和方寅學長站到同一個高度、用平視的角度凝望著他才行……

＊＊＊

揣著這樣複雜的思緒，下午又迎來了一週一次的社團課時間。

雖然我對宋彌恩說的話已經釋懷許多，但一回想起自己昨天放學臨陣脫逃的樣子，我就不知道該怎麼面對他才好了。光是想像他待會看見我會露出什麼樣的表情，我就感到一陣慌張。

但當我走入社團教室，迎上宋彌恩的目光時，卻沒有從他臉上看見任何畏縮的神情。他的雙眼依舊晶亮，盈滿笑意地望著我。我愣愣地站在門口，無法動彈。

「詠絮學姊。」他笑著喚了我一聲。但我很快地察覺出他笑容裡的僵硬。

比起畏縮的神情，看見他這樣故作鎮定的模樣，我反而更覺得難受。

他明明是那麼認真地為我著想，我卻一再逃避，看在宋彌恩眼裡會是什麼感受呢？光是想想就讓人心疼。

我慢慢朝他走過去，看著他，張了張嘴，想要道歉卻怎麼也說不出口……

「學姊，對不起。」宋彌恩的聲音突然響起。

我驚愕地望著他。……為什麼又是他先道歉呢？無論是「謝謝」還是「對不起」，永遠都是他搶先對我說出口。我感到莫名的喪氣。

「學姊，妳不要那個表情啦，開心一點嘛……我們和好了，對不對？」宋彌恩咧開嘴笑了。

我一詫，想起自己之前對他說過的話——

「好啦，不要那個表情。開心一點嘛，我們不是和好了嗎？」

想到這裡，我忍不住會心一笑。

「嗯嗯，沒錯，就是這樣。」宋彌恩笑嘻嘻地說，「學姊還是笑起來最好看了。」他說道，頓了頓，笑容卻突然變得有些複雜。我不禁微微一愣。

還沒等我反應過來，宋彌恩就再度開口了：「學姊，以後在喜歡的人面前，也都要開心的笑喔！」

我心中一震，愣然地望著宋彌恩。他的語氣，為什麼聽起來這麼沉重呢……

雖然他並沒有直接指明是誰，但經過昨天，宋彌恩已經知道我喜歡方寅學長了。

正因為如此，聽見這句話，我反而開心不起來，甚至有一股莫名的惆悵。

「無論學姊喜歡的那個人是誰，也無論他值不值得，學姊都別忘了笑容。」宋彌恩微笑著，「而且是真心的、開心的那種笑。」

宋彌恩說的這段話，讓我有些失神。

「為什麼……」我低低地說，「為什麼你這麼討厭方寅學長？」我放柔了聲音。這一次，我不想要宋彌恩的道歉，只想要聽他對學長反感的真正理由。到底是什麼原因，讓他對我說出這樣沉重的話呢？

宋彌恩頓了一下，才緩緩地開口：「我並不是討厭學長喔，其實我也不怎麼了解他……只是一種直覺而已。」他慢慢地笑了。

「……直覺？」我微瞠雙眸。

「嗯，大概就是女生常說的那種『第六感』吧。一種莫名的預感。」宋彌恩依舊微笑著。

「那，是什麼樣的預感？」我問道，心中不禁有了一絲忐忑。

宋彌恩抿了抿唇，過了半晌，才慢慢地回答：「總覺得，學姊會因為方寅學長而受到傷害。」

這瞬間，于蘋學姊曾說過的話，突然匆匆掠過腦海：「……我只是擔心妳受傷而已。」

我愕然地望著宋彌恩，完全說不出話來。

「不過既然學姊喜歡方寅學長，那我的意見就算不上什麼了，一點也不重要。畢竟是學姊的感情啊，我沒有資格去評論學姊的心意，何況只是我無憑無據的直覺。之前在不知道學姊心意的狀況下就說了那種話，真的很過意不去。」宋彌恩皺起眉頭，露出苦笑。

我啞口無言，只能默默地搖頭，表示沒關係。

「現在知道學姊喜歡方寅學長了，所以……我現在只希望學姊，無論發生什麼事、就算真的因為學長而受到傷害，也可以繼續保持開心的樣子、高興地笑著。」

不曉得為什麼，聽見他這段話，我心中是感動的。我感覺自己的眼眶正在發燙，似乎快要哭出來了。

他的一字一句，是如此真心誠意。即使他覺得我會因為方寅學長而受傷，卻還是尊重我的心意，給了我最大限度的祝福——他說，只希望我可以開開心心的，哪怕受了傷也能繼續保持笑容。

宋彌恩這個人，真是既單純又善良呀。

能擁有這麼真情真意的朋友，我真的非常非常幸福。

＊＊＊

我剛洗好澡，一邊用浴巾擦拭頭髮，一邊慢慢走進房間，馬上就聽見手機響著旋律。我微微一愣，很快拿起手機，看了一眼來電顯示。這瞬間，我竟是有些猶豫的，但最後還是接通了電話。

「喂？」我出聲，「學長，你找我……有什麼事嗎？」我的聲音帶了一點遲疑。

電話那頭的學長，聲音依舊沉穩：「明天的事沒忘記吧？」他的聲音有著一絲笑意。

我抿抿唇，「嗯，沒有忘記。」

自從心中浮現那些疑問後，我對這次約會不再只有興奮和期待，心情反而有些複雜。

「那詠絮想好要去哪裡了嗎？」他問。

我髮梢的水珠滴落下來，我一手握著手機、一手輕輕擦掉水珠，才慢慢地回答：「……比起去哪裡，」我頓了頓，「我有些事想問問學長。」
「什麼事？」學長疑惑道，又說：「妳可以現在問的。」
我抿住唇，過了半晌才鬆開，回答：「我想，還是當面問比較方便。」
電話那頭沒有馬上回答。於是我立刻接下去說道：「所以，學長……我們明天就約在圖書館旁邊的公園吧。」
「除了公園，詠絮沒有其他想去的地方嗎？」他的聲音低沉磁性，彷彿帶著一種蠱惑人心的魅力。
我有一瞬的失神，但很快堅定下來，「嗯。我把想問的事問完後，再決定去哪裡吧。」
方寅學長沉默了一陣子，才出聲回答：「我知道了。那我們就先約在公園。」
聽到這句話，我才略微鬆了口氣。我彎了彎唇，「那就先這樣吧。學長，晚安。」
「詠絮，晚安。」他的聲音也帶著笑意。
掛斷電話後，我也顧不得頭髮還濕著，立刻往後一倒，躺在自己的床上。我盯著天花板，有些恍神。
第一次和學長一起出去時，我心情是難以言喻的激動和興奮。
然而這一次，我卻感到前所未有的沉重——我也不曉得這樣的心情是從何而來，但只要一想到那些懸宕在我心頭的疑問，我就不自覺擔憂了起來。

明天究竟會得到什麼答案呢……

或許，明天會是我和學長的最後一次約會。想到這裡，我心中就驟然揪緊。

但哪怕是最後一次，我也要得到解答，而非現在這種含糊不清的關係。

＊＊＊

隔天，我起得很早，不再費心思考慮要穿什麼、也不再緊張兮兮地確認自己的儀容。我心情格外平靜，時間差不多了，就從容地走出家門。

來到圖書館旁的公園，有許多老人家在這裡打太極拳、跳舞。

學長似乎還沒來，於是我坐在涼亭裡，靜靜地看著那群老人家。

不曉得過了多久，「詠絮。」低沉沙啞的嗓音在我耳畔響起。我匆匆轉過頭去，鼻尖卻輕輕擦過方寅學長的側臉。

我臉頰一熱，睜圓了眼，盯著近在咫尺的俊顏。

方寅學長緩緩挪開距離，坐到我的身邊，嘴邊噙著一抹淺笑，問道：「妳在看什麼？看得這麼入迷。」

我覺得自己原本平靜如水的心，再度因為方寅學長而餘波蕩漾。

我低頭，熱著臉回答：「沒什麼。」

我和學長並肩而坐，過了好一陣子都沒人主動開口。彼此之間陷入一陣沉默。

我低頭去玩弄自己的手指，試圖恢復冷靜。就在此時，學長開口了：「詠絮，不是說有事要問我嗎？」

我心一跳，抬起頭來，小心翼翼地望著學長。學長依舊彎著唇，似乎在等待我發問。

一想到我即將問出口的事，心中就不禁一陣緊張。我捏緊自己的手，低頭不敢看學長的眼睛，緩緩開口：「接下來我要問的問題，其實上一次也問過了，但學長並沒有直接回答我，所以……」

學長沉默著，並沒有打斷我的話。我深吸了一口氣，才終於問出口：「學長，你到底為什麼要約我出來呢？」話音落下，我才慢慢地抬眼，望向方寅學長。

學長已經收起了笑容，靜靜地望著我。

我聽見自己的心臟正在猛烈地跳動著，我不自覺緊張地咬住下唇。

「當然是因為……喜歡和詠絮相處。」學長答道，然後慢慢露出一抹微笑。

我愣了一下，心中跟著一顫。但我很快地意識過來，急忙開口：「不對。」我皺起眉頭，「我不是問這個……」我的音量越來越低。

學長依舊笑著，他一手靠在椅背、一手撐著頭，好整以暇地看著我，「那是要問什麼呢，詠絮？」

我抿了抿唇，「我換個問法好了……」

我再度深吸了一口氣，然後緩緩地吐出來，「學長，你……」我擰緊眉頭，「你是喜歡我嗎？」問出口的同時，我總想要挪開視線，但我仍努力直視學長的雙眼，想要透過他的神情看出一絲端倪。

學長似乎是沒想到我會這麼問，臉上表情一僵。

看見這副模樣，我差點就要退縮。但我知道不能——要是現在退縮了，豈不是前功盡棄？

學長，是不是喜歡我？這個問題，是我心中最大的疑惑。

如果不是喜歡我，那為什麼要一直約我出來？甚至說那麼多曖昧的話、把我寫的字拍照上傳到社群軟體、每天和我互傳訊息……

又如果，他是喜歡我的，那為什麼要用含糊不清的態度來對待我、讓我摸不著頭緒呢……

無論喜不喜歡，我都想現在弄清楚答案。

「詠絮，」學長終於開口，他也揚起了一抹苦笑，「抱歉。」

聽見那句抱歉，我心中喀登一聲。

「我快要學測了，這件事……能不能等我考完試後再說呢？」他苦笑道，語氣透出罕見的柔情。

我心中一震，茫然地眨了眨眼睛。

「現在不是我談戀愛的時候。」學長歉然一笑。

不是談戀愛的時候，意思是他也喜歡我嗎？我忍不住朝這個方向去想，但學長已經恢復沉默。

而我始終沒得到他一句更直接的解釋。

——因為得不到最確切的解釋，所以終歸只是我一廂情願的臆測。我和學長之間，仍是如此朦朧不清。我依舊不曉得自己和學長之間到底是什麼關係。

既算不上朋友，也不能確認是互相喜歡，甚至連曖昧關係也不太相似，但我們卻一次又一次地單獨約會——學長他……平時到底是以什麼心態和我相處的呢？

然而，即使我滿腔疑惑，學長將要學測的確是事實。我並沒有任何立場再央求一個解釋。

因此，我只好轉開目光，低聲說：「……嗯，沒關係。」

「詠絮想問的就是這些嗎？」學長的聲音在我耳畔響起。

我緊皺著眉頭，心緒混亂不堪，「……嗯。」我輕聲應道。

「那詠絮還有想去哪裡嗎？」他問。

「對不起，我……」我抬起頭來，朝著學長露出一抹勉強的笑，「我今天還是先回家好了。」

學長微微一愣，但很快意會過來，他勾起淺笑，「那好吧。」

我拿起包包，從椅子上站起身，「學長，真的很抱歉。」我垂下眼瞼，低聲說道。

我也顧不得學長有沒有回應，便轉身快步地走出涼亭、離開了公園。

「……我只是擔心妳受傷而已。」

「總覺得，學姊會因為方寅學長而受到傷害。」

不約而同地，于蘋學姊和宋彌恩曾說過的話，在此刻浮現腦海。

＊＊＊

經過今早的事情，我回到家後一直有點心不在焉。百無聊賴地看看電視、看看書，不知不覺就結束了一天。

晚上，當我準備上床睡覺時，收到了一則訊息。而向我發送訊息的人，是方寅學長。

「詠絮，晚安。」學長傳給我的訊息內容就像平時那樣，沒有任何改變，就好似今早的事根本沒發生過。我拿著手機躺在床上，盯著螢幕，心中五味雜陳。

最後，我回覆了一句：「晚安。」傳完訊息後，我把手機關掉，重新放回書桌上。

等到把房間電燈關上後，我才後知後覺地想起，今天我收到方寅學長的訊息時，忘了截圖儲存。我躺在黑暗中，不自覺輕嘆了一口氣……

＊＊＊

在那天以後，我仍每天收到學長的訊息，我雖然不再儲存截圖，卻仍用心回覆每一則訊息。

「我快要學測了，這件事……能不能等我考完試後再說呢？」學長曾說過的話，一直在我腦海中徘徊不去。

因為不曉得該怎麼看待我和學長現在含糊不清的關係，所以我只好佯裝無事、一如往常地面對學長。但事實上我現在看見學長的訊息，心中比起雀躍，更多的似乎是無奈和沉重。

我仍然深深喜歡著方寅學長。可是對於始終撲朔迷離的他，我心中好像產生了更多的猶豫和遲疑。

我不喜歡這種不清不楚的關係，這讓我感到尷尬。

多希望學長可以直接告訴我答案……無論答案是好是壞，我都不想再這樣茫然地和他相處了。

我靠在牆上，望著對面的高三教室，有些失神。

待我回過神來、看看時間，才發現已經放學很久了。我左顧右盼了一陣子，卻都沒看見宋彌恩的身影——這是怎麼回事？

我背著書包，到宋彌恩的班級，卻發現教室門已經上鎖了，裡頭沒有人。

正當我心中一陣納悶，就感覺自己口袋裡的手機正在震動。我趕緊拿出手機，果然就看見上頭顯示著宋彌恩的名字。

我接通了電話，宋彌恩的聲音立刻傳來：「學姊！」他的聲音帶著點喘息，還有吵雜的背景音。

「你怎麼了？」我皺起眉頭，問道。我仔細聽了一下周遭的聲音，除了學生的叫喊歡呼以外，似乎還有運球的聲音。

「學姊，我現在人在籃球場。抱歉，剛才放學時臨時被同學找來練習籃球……因為明天校慶就要比賽了，我沒理由拒絕，也來不及給妳打電話……妳應該等很久了吧？對不起、對不起。」

「哦，」我應了一聲，「沒關係啦！」他一直向我道歉，我反而感到不好意思。

「學姊……」宋彌恩的聲音帶了一點委屈，「今天不能和妳一起放學了。」

我聽見他這句帶點遺憾的語句，心中忽然一軟。我偏頭想了一下，問道：「你要練習到幾點？」

「他們說至少要練習到六點。」宋彌恩嘆了口氣，語氣很是懊悔：「早知道我就跟康樂股長說我不參加籃球賽了……我以為只要平常下課練一練就好，怎麼知道他們突然說放學也要練習……」

聽見宋彌恩無意識的喃喃抱怨，我忍不住噗哧一笑。原來，這樣的他也很可愛嘛。

剛剛看時間是五點半左右，我仔細斟酌了一下，然後開口說道：「不如這樣吧，我現在過去籃球場，等六點一起走，嗯？」

電話那頭沉默了半晌，正當我困惑地想要出聲詢問時，就聽見宋彌恩突然迸出的歡呼：「哇啊——真的可以嗎？謝謝詠絮學姊！」他的聲音竟然帶著感動。

我忍不住笑得更深了。雖然我得多等半小時，但能讓宋彌恩這麼開心，我似乎也沒什麼好猶豫的了。

還沒等我抵達籃球場，遠遠地就能看見球場上人滿為患。明明沒有幾個籃球框，籃下卻聚集了十幾個人，場面很是壯觀。我從來沒在放學時間來過籃球場，現在不禁為這人潮感到驚愕。

我四處張望了一陣，很快就看見宋彌恩。他並不在場上，反而蹲坐在旁邊，一手拿著水瓶、一手拉著領子替自己搧風。

我看見他，忍不住揚起微笑。因為他現在整張臉紅通通的，就像平時偶爾會在我面前展現的那樣。想必他剛剛是非常認真地練習了吧？明明嘴巴上抱怨著，卻還是盡力了。

宋彌恩正緊緊盯著籃球場上的戰況，眼睛連眨都沒眨一下，看得十分入迷。我悄悄走近他，蹲到他身邊，伸手替他搧了幾下……

我突然有點好奇，如果要讓他這張臉上的紅暈消退，需要搧多久的風呢？

正當我還在胡思亂想時，宋彌恩就忽然轉過頭來，視線和我迎面撞上。我朝他笑了一下，停下搧風的動作，舉起手來，「嗨，我來了。」

宋彌恩先是瞪大眼睛，接著像是想起什麼似地站起身，匆匆地和我挪開了距離。

我納悶地望著他，「你怎麼啦？」不知道是不是我的錯覺，我總覺得他的臉似乎更紅了……

「學、學姊！麻煩妳現在和我保持距離！」他一邊說，一邊又往後退了幾步。

「啊？」我困惑，「為什麼？」

他的語氣慌張，甚至有一點點結巴：「我、我現在身上流很多汗，我很臭的呀……」他說完立刻摀住自己的臉，露出兩個漲紅的耳朵。

而我傻在原地，過了半晌，終於忍不住大笑出來。

終於，在我堅持下，他才慢慢和我挪近距離。我們並肩而坐，他看起來仍是小心翼翼的樣子，好像隨時都要逃跑，只為了不讓我聞到汗味。

看見他這個模樣，我忍不住再次失笑。

「學、學姊，我是真的很臭嗎？」宋彌恩轉頭過來，皺著眉頭問道，「不然妳為什麼一直這樣對我笑？」

我噙著笑意，無奈地搖搖頭，「不是啦！你不臭啊。」我說完，隨口又補了一句：「挺香的。」說宋彌恩挺香的，其實本來只是我的一個小玩笑，沒想到宋彌恩又摀住自己紅通通的臉，露出燒紅的耳根。

他的喜怒哀樂，怎麼都能如此鮮明生動呢？我托著腮，不禁微笑望著他。

過了半晌，我想起了什麼，開口問道：「你怎麼沒下去打球？」我看了籃球場一眼，場上盡是男孩子在奮力投籃、運球的身影。我不禁好奇，宋彌恩打籃球會是什麼樣子？

宋彌恩看著我，突然露出一抹靦腆的笑。我偏頭，納悶地望著他。

他說：「其實……我已經練習完了。」

我微微一愣。練習完了？那怎麼不回家？

還沒等我問出口，就聽他這麼說道：「只是想和學姊再相處久一點。」他說這句話時，聲音軟綿綿的，還帶了一點喜悅的上揚。

我不知該做何反應，只是傻在原地，靜靜望著宋彌恩。

接下來，他再次開口：「還有，就是……我希望學姊明天校慶能來看我的比賽，可以嗎？」

他的語調繾綣綿密，就像棉花一樣蓬鬆柔軟，慢慢在我眼前延展開來——我心臟莫名一顫，我下意識摀住自己的胸口，然後開口：「可、可以啊。」

「那太好了！」他笑嘻嘻地說，「我想到比賽上再好好表現給學姊看。」他低低地笑著，笑容越發燦爛。

我稍稍回過神來，露出一抹笑。

看見他這個模樣，就像一隻等人討賞的寵物犬。我忍不住伸出手，摸摸他的頭。

他像是嚇了一跳，渾身突然僵住，本來揮舞的手也突然停下來。他快速地眨著眼睛，茫茫然地望著我——他甚至稍稍低下頭、一臉愕然地接受我的觸碰。

宋彌恩雖然流了汗，頭髮卻依然是乾燥柔軟的，甚至有著一點陽光的溫度。

我收回手，微笑望著他，一時也沒察覺自己哪裡做得不對，「好，明天一定要好好表現給我看喔！」我說道。

宋彌恩的臉已經紅得不能再紅，雙眼有無數繁星在閃爍。他眼睛眨呀眨地，長長的睫毛輕搧著。

過了半晌，宋彌恩像是回過神來，慢慢挪開了視線，把臉埋在膝蓋之間，然後低聲回了一句：「……嗯。」他的聲音帶著些許軟糯，聽在我耳裡，就像有羽毛在輕輕騷動心弦。

我盯著他，突然也感到一陣不好意思。我清了清嗓，說道：「好啦，可以回家了吧？」

宋彌恩慢慢把頭抬起來，只露出那雙晶亮的眼眸。他猶豫了一陣子，然後用力點點頭，「嗯！」

我彎了彎唇，漾起微笑，說了一句：「走吧。」

＊＊＊

今年校慶活動，最主要的活動，就是園遊會、社團表演、大隊接力和籃球賽。值得一提的是，高三學生因為學測在即，所以不必參與比賽、也不用擺攤賣東西。他們就只需要逛逛園遊會、看看比賽和表演，然後直接回教室自習就行了。

我們班園遊會上賣的東西是一些娃娃和小飾品，因為我負責顧攤的時段是人潮最少的早晨時間，所以其實非常輕鬆，才過沒多久就能拿著錢包去逍遙自在了。

我和幾個同學，拿著錢包到處逛逛，買了一點東西吃、又喝了汽水。

走廊上的人潮比平時還多了幾倍，我一邊拿著汽水、一邊艱難地前行，幸好今天天氣有點陰陰的，不會太熱。

我買了一串花枝丸，才剛結帳完畢，就聽見走廊上響起廣播：「各位同學好，今日各社團的動態演出表定於早上十一點鐘於體育館舉行，歡迎各位同學和外賓，於十一點鐘到體育館欣賞熱舞社、吉他社、熱音社等社團的精采演出！」

聽見這段廣播，我看了看時間，發現十一點就快到了。我立刻轉頭向朋友道別，然後一手拿著花枝丸、一手拿著汽水，匆匆地往體育館跑去。

等我抵達體育館，裡頭已經人滿為患，本校學生更是佔了多數。我一邊走、一邊嘖嘖稱奇，心想著曉梅根本是白擔心一場，看這個人潮，根本不輸方寅學長他們當時表演的觀眾數量呀。

我繞過人潮，想到後臺去找曉梅，卻赫然看見曉梅就站在不遠處和我招手，似乎是要我站到她旁邊去。我匆忙跑上去，「曉梅！我來了！」

「詠絮！謝謝妳今天過來！」曉梅露出感動的表情，然後說道：「來來來，這裡是我替妳留的位子！雖然不太靠前，但這裡視野很好，都不會被音響擋住喔！」曉梅笑嘻嘻地說。

「哇，謝謝妳。」我笑道，又問：「那妳呢？妳還要回後臺準備嗎？」

「嗯嗯，」曉梅應道，「不過我的表演很快就結束了，我結束後就馬上來找妳。我們一起看表演，好嗎？」她微笑著。

我點點頭，「好！那妳快去忙吧！」

「好，別忘了今天有神祕嘉賓，詠絮絕不可以先偷跑喔，一定要看到最後！」

我再次用力點點頭，然後揮揮手，「妳放心，我不會偷跑的！快去吧！」

曉梅剛離開沒多久，表演就開始了，而我也專心地欣賞。當吉他社登場時，我和觀眾一起跟著旋律揮手；輪到熱舞社時，我也跟著觀眾一起歡呼、鼓掌。

熱舞社的最後一個表演結束後，全場響起熱烈的掌聲。

兩個主持人匆匆跑上臺，然後說道：「謝謝熱舞社為我們帶來的精采演出！接下來，輪到我們最熱血沸騰的熱音社——」

一聽到這句話，我身旁的人都在激動地歡呼著、叫嚷著，氣氛十分熱烈。我感覺自己又回到了以前看方寅學長表演時的那樣，渾身的血液都在蠢蠢欲動。

熱音社第一組的表演者登場後，我馬上就看見站在臺上的曉梅。曉梅個子不高，笑容卻很明朗，綁著一綹馬尾，給人一種青春洋溢的清新感。

第一組主唱拿著麥克風，一一向大家介紹貝斯手、鼓手和鍵盤手。當介紹到鍵盤手時，曉梅站在Keyboard前向底下觀眾揮了揮手，露出燦爛的笑容。

介紹完表演者和曲目後，表演馬上開始了。這一屆主唱的歌聲，雖然不像方寅學長和于蘋學姊那麼特別，但也擁有很棒的音色和渲染力，表演開始沒多久，全場氣氛就已經熱絡了起來。

而我感覺自己的心臟隨著爵士鼓的每次鼓動而怦然跳動——

「曉梅！」我把手圈在嘴巴旁邊，大聲替曉梅歡呼。臺下除了我以外，也有許多人在叫嚷不同人的綽號或名字。

最後一個音節落下，演奏完畢。全場歡聲雷動，此起彼落地響起掌聲和歡呼聲。

曉梅和其他表演者陸續退場，輪到下一組表演者上場。下一組表演者也開始演奏曲目，這一次是較為抒情搖滾的風格，我聽得如癡如醉。

正當我聽得入迷時，感覺肩膀被戳了幾下，我愣然地轉頭，就看見曉梅對我微笑著。

「曉梅？」我驚訝道，「妳怎麼這麼快就回來了？」我問。

似乎是因為剛才匆忙跑過來，曉梅此刻還有些喘不過氣。她順了順氣後，對我吐吐舌，說道：

「我的部分已經結束啦！」

「原來是這樣。」我笑著點點頭，「妳表演得很棒喔！」

「真的嗎？」曉梅笑嘻嘻地說，「謝謝詠絮！」

因為貝斯的聲音略大，我們必須扯開嗓子向對方說話，才聽得見聲音。於是我又大喊道：「曉梅！妳說的神祕嘉賓什麼時候出場啊？」

曉梅微笑，「神祕嘉賓是壓軸登場喔！……啊，就快輪到他們了！」曉梅一邊說，一邊指向舞臺。

原來，第二組表演已經結束了。主持人重新站上臺，準備向大家介紹最後的壓軸表演。我的好奇心到了此時沸騰不已。我緊盯著舞臺，等待主持人的介紹。

主持人A說道：「哇！熱音社的表演真是令人欲罷不能啊！但接下來要登場的人，他們的表演除了讓大家欲罷不能，還令人留念不已！」

主持人B故作疑惑，問道：「哦？為什麼會令人留念不已呢？」

主持人A悠悠地回答：「這是因為，他們已經離開熱音社了！但是他們的嗓音和表演，卻讓人十分懷念哪！」

聽到這裡，我心中似乎有了底。臺下許多人也開始交頭接耳、議論紛紛。

沒來由地，我原本興奮的情緒慢慢趨於平靜，隨之迸發出來的是一股更加激昂、更加鼓譟的情緒——

「大家知道是誰嗎？」主持人笑咪咪地問臺下觀眾。

全場不約而同地齊聲喊道：「方寅——」

聽見有這麼多人一起喊出方寅學長的名字，我心中似乎有一處震動了一下，驚訝和喜悅的感覺同時湧上心頭。

我轉頭看向曉梅，本想和她說些什麼，卻見她的表情有些僵硬。我一陣困惑，問道：「曉梅，妳怎麼了？」

曉梅回過神來，連忙擺手，「噢噢，沒事。」她露出微笑，卻有些不自然。過了半晌，她才解釋道：「我只是被大家嚇到了啦！方寅學長真的很受歡迎耶，全場都在叫他的名字。」

我恍然大悟，點點頭，「是呀，我也被嚇了一跳。看來這次的神祕嘉賓，真的成功讓大家感到驚喜了！」

曉梅微微笑著，「其實不只方寅學長啦，還有一個人哦！」她說完，伸手指向舞臺。而我跟著看去，不禁愣了一下。

方寅學長已經站到舞臺上了，他的身影光是看著就能令人心神蕩漾，但最讓我感到詫異的，卻是他身旁那個同樣亮眼的女孩。

臺下有不少人也發現了她的身影，接著開始叫喊她的名字：「莊于蘋——莊于蘋——」

方寅學長和于蘋學姊就這樣並肩站在舞臺上，而全場所有人都在為他們喝采。

我盯著他們倆，只覺得他們兩個站在一起是如此美好，沒有任何一絲違和。

突然間，我就想起了之前發生的事：「抱歉，他們就愛把我和她湊成一對。」當時，學長對我這麼說。

看到這個畫面，我才真正意識到，為什麼大家會將他們湊成一對。因為他們站在一起，就是那麼般配。

我一時忘了言語，心中也跟著漾起了微妙的情緒……

這種感覺使我心中有點煩悶，我亟欲撫平這樣的焦躁，於是轉頭向曉梅搭話。我也不曉得該說些什麼，最後隨口說了這麼一句：「方寅學長跟于蘋學姊，看起來真般配，就像是戀人一樣。」

我在說出口的同時，察覺自己語氣裡的酸澀。我恨不得咬掉自己的舌頭。

——我到底在忌妒什麼？我有什麼資格忌妒？我和方寅學長之間，現在根本什麼也算不上。

這時，鍵盤手已經起了第一個音，全場瞬間趨於平靜，靜靜地等待方寅學長開口。

與此同時，曉梅正愣愣地盯著我，然後像是終於明白過來，輕點著頭，表情卻有一絲古怪。

換我有些茫然，問道：「曉梅……怎麼了？」難道是我說錯了什麼嗎？

這瞬間，方寅學長開口唱歌了——低沉嘶啞的嗓音，慢慢迴盪在整座體育館裡，像是漸漸纏住人心的蠶絲，我還沒等到曉梅的回答，卻下意識地挪開目光、看向舞臺。

就在此時，曉梅的聲音也在我耳畔響起——

「詠絮，他們倆本來就在交往啊……難道妳不知道嗎？」

我的血液像是瞬間凝滯了。我瞪大雙眼，渾身變得僵硬……我仍然盯著舞臺，而方寅學長與于蘋學姊站在舞臺上，唇邊各自彎著同樣的弧度。

他們兩人的歌聲，重疊在一起，彷彿交織成一段最柔軟的絲線，緩緩在整座體育館裡蔓延……

他們兩人的目光，交會在一起，彷彿迸發出一抹最閃耀的亮光，悄悄在所有人的眼前閃爍……

原來，不是大家都喜歡把他們倆湊成一對戀人。

——而是，他們倆本來就是一對戀人。

＊＊＊

表演在眾人的掌聲和歡呼中落幕，方寅學長和于蘋學姊的身影，也慢慢消失在視線裡。

還沒等主持人替這場表演結語，大家就已經紛紛往體育館門口擠去。我站在原地，一動也不動，不斷有人與我相撞，但我依然維持相同的姿勢。

曉梅似乎沒有察覺我的異狀，只是一邊閃避人群，一邊向我說道：「詠絮！我要去幫忙弄設備了——抱歉，沒辦法跟妳一起回去。」

聽見這句話，我才稍稍回過神來。我望向她，點點頭，「……嗯，沒關係，妳快去吧。」

曉梅對我笑了一下，然後匆匆地擠入人潮中，很快就不見蹤影。

我慢慢垂下眼瞼，感覺渾身都沒了力氣。

「詠絮，他們倆本來就在交往啊……難道妳不知道嗎？」曉梅剛才說的那句話，伴隨方寅學長和于蘋學姊美妙的和聲，在我腦海中迴盪不去……

原來，他們兩個真的在交往。

我眼眶開始逐漸發熱，但我卻一滴眼淚也流不出來。我心中有一種被掏空的感覺，空虛且冰涼。我站在原地，心情久久無法平復。

我是這麼地喜歡方寅學長，每天和他傳訊息、甚至和他一起出去，我還曾想著，或許學長也是喜歡我的。沒想到，一切都只是我的私心妄想。

「現在不是我談戀愛的時候。」那天，學長說的這句話，難道只是一種勉為其難的拒絕嗎？我咬住下唇，思緒一片混亂。

突然，「詠絮，妳怎麼還在這裡？」曉梅的聲音從不遠處傳來。

我抬起頭，映入眼簾的就是曉梅疑惑的眼神。而當我看見站在她身旁的人，我不由得愣住。于蘋學姊正看著我，然後慢慢露出一抹笑，開口：「好久不見。」學姊的語調既溫柔又親切。

「啊？學姊，原來妳也認識詠絮。」曉梅很是詫異的樣子。

「嗯。」學姊只是輕輕應了一聲，斂去笑容，然後再度望向我。

現在看見于蘋學姊，那種空蕩蕩的感覺已然消逝，緊接而來的是心亂如麻的感受——我下意識迴避了她的視線，全身似乎都在細細地顫抖著。

曉梅又重新問了我一次：「詠絮，妳怎麼還在這？」

我愣了一下，一時不知道怎麼回答，只是搖搖頭，苦笑道：「沒什麼。」

我垂下頭，腦袋裡浮現學姊以前對我說過的話。

「……我只是擔心妳受傷而已。」

「方寅真的沒妳想得那麼好。可能妳會覺得我自以為是，但我必須要說，太過完美的想像，就像一層薄冰，看似漂亮美好，卻隨時會崩塌瓦解。那不是喜歡，只是一種妄想。」

學姊那時候說的話……難道是在委婉地叫我放棄方寅學長嗎？我心中悶得發慌，甚至有一種想吐的感覺。

然而，我仔細一想，卻覺得有些不對勁。當學姊知道我和方寅學長出去時，那麼淡然自如的反應，實在很古怪……

我抬頭看了學姊一眼，于蘋學姊卻漾起一抹淺笑。正當我還不明所以，就看見于蘋學姊轉頭向曉梅說道：「曉梅，我還有些事要和詠絮說，妳先走吧。」

曉梅愣了一下，然後點點頭，笑道：「好，我知道了。今天學姊辛苦了，學測加油喔！」

曉梅看了我一眼，目光裡略帶好奇，然後才匆匆地離開。

「詠絮。」于蘋學姊喚了我一聲，接著問道：「最近還好嗎？」她的笑容可掬。

我愣愣地望著她，說不出話來。

就在此時，一抹熟悉的身影掠過眼前，我不自覺分了心，朝那個方向望去。

——是方寅學長。他就站在我們倆的斜對角，靜靜地盯著我們看。他的表情冷峻，似乎並沒有要上來搭話的意思。

這瞬間，我心中湧上一股強烈的苦澀感，彷彿隨時都要從喉頭迸發出來似地。

「學妹？」于蘋學姊見我不答話，又出聲喚了一次。接著，她循著我的視線方向望去，看見方寅學長時，顯然愣了一下。

學長忽然對我們倆笑了一下，我心中猛然一震，迅速地收回視線，重新將目光投向學姊，完全不敢再往學長那裡看去。

然而，我卻恰好看見學姊露出的複雜神色。于蘋學姊緊皺著眉頭，直直盯著方寅學長——而我總覺得，學姊的眼神裡蘊含著些許無奈，甚至帶有一絲厭惡。我不禁有些驚愕地望著學姊。

下一秒，學姊突然拉了我一把。我整個人嚇了一跳，往前踉蹌了幾步，不自覺地瞪大雙眼。

學姊看向我，「詠絮，我們走。」于蘋學姊的語氣很嚴肅，眉頭仍然緊擰著。

「走、走去哪裡……」還沒等到回答，學姊就已經拉著我的手，匆匆地往體育館門口走去。

我處在震驚的狀態中，根本無從掙脫，只是茫然地跟著學姊的腳步往外走。

——直到離開了體育館，方寅學長的身影消失在門口之內，學姊才停下腳步，十分認真地盯著我看。我眨著眼睛，有點不知所措。

「詠絮學妹，妳也許會覺得我很莫名其妙，不過……我還是勸妳一句，如果可以的話，請妳離方寅遠一點吧。」她的語調雖然正經，卻依然溫婉不已。

我睜圓了眼，「什、什麼？」我聽見自己的心臟正在撲通撲通地跳著。

「抱歉，我也不想每次和妳見面都說這種話……所以，這大概是我最後一次這樣勸妳了。」學姊嘆了口氣，「真的，別把方寅想得太好。不，就算妳還是覺得他很好，也別離他太近。」

「為、為什麼……」我囁嚅道。

「還是那句話，」學姊開口，「我只是擔心妳受傷而已。」

再次聽見這句話，我心中實在五味雜陳。這一刻，我也顧不得那麼多了，一個衝動就將心裡的疑惑問出口：「是因為妳和方寅學長在交往嗎？」我的語氣有些咄咄逼人，「是因為妳和學長在交往，所以才希望我離他遠一點嗎？」

于蘋學姊露出了驚詫的神情，「妳……」

我一說完，就立刻低下頭，不敢去看學姊的表情。學姊對我來說，一直都是個值得崇敬的人，我從沒想過自己會用這種口氣對她說話。

但是，我實在忍不住了——從我和她相識開始，她就不停地在勸我不要喜歡方寅學長，這到底是為什麼？

她總是說怕我受傷，但事實真是如此嗎？她為什麼要那樣說？

如果她只是擔心我介入他們的感情，那她大可以直接說出來。而我也可以直接地告訴她，她真的多慮了。

我絕不可能做這種事情——又或者說，我也沒有那種本事。學長怎麼可能會喜歡我？況且，他們倆是如此般配，哪裡有我介入的餘地？

忽然，我聽見學姊的笑聲。我愣了一下，慢慢抬起頭，卻見學姊露出一抹無奈的笑容。

「原來妳是這樣以為的……」于蘋學姊苦笑道，「不是的，真的不是這樣。妳是聽誰說我們在交往的？」她問。

我驚訝地望著她，傻傻地回答：「是曉梅說的……」

她露出恍然大悟的表情，然後說：「原來是曉梅，那也難怪。」她一邊說，一邊伸手拍拍我的肩膀，溫聲說道：「我和方寅已經是過去式了……我們兩個很早就分手了。」

我震驚地望著她，「分、分手了？」

學姊笑著點點頭，「嗯，大概是高二上學期吧。因為怕讓大家尷尬，所以我們沒告訴熱音社的人……難怪曉梅會以為我們還在交往。」

＊＊＊

我坐在球場邊，靜靜地望著天空。今天的天空是陰鬱的顏色，許多灰濛的烏雲在空中徘徊，捲著些許毛邊，像襪子被剪開後的毛絮。

籃球場上人聲鼎沸，有男孩們的喊叫，也有女孩們的歡呼。因為來得早，所以我坐到了第一排的位置。

此刻，我坐在亢奮的人群裡，似乎顯得格格不入。我雙手交握著，有些心神不寧。

「我和方寅已經是過去式了……我們兩個很早就分手了。」

一切都來得猝不及防，到現在還有一種不真實的感覺。我想，自己大概還需要時間消化這些訊息。

——學姊和學長，為什麼要分手呢？

——又為什麼，學姊都已經和學長分手了，還要勸告我別太接近方寅學長？如果不是擔心我介入他們之間的感情，那會是什麼原因？

「我只是擔心妳受傷而已。」學姊曾說過的話在腦海裡回放。

為什麼學姊會這麼說……而我到底會受到什麼傷害？

突然，我餘光瞥見球場上有一抹熟悉的人影。我定睛看去，一眼就看見了宋彌恩。他的膚色白皙，在球場上竟給人一種閃閃發亮的錯覺。他身邊還有幾個人跟著，我直到此刻才驚覺，宋彌恩其實並不矮，身形高挑出眾。他站在球場上，非常引人注目。

宋彌恩手裡拿著球，慢慢踱上場，卻不停左顧右盼，似乎在尋找什麼——忽然，他看向我這裡。我先是一愣，才舉起手朝他揮了幾下。

他慢慢揚起笑容，連眼睛都彎了起來。看見他這個模樣，我感覺自己心中悶慌的感受立刻消散。

我對他微微一笑，用口形說道：「加油！」

宋彌恩點點頭，笑容越發燦爛。全場的目光都在他身上，他還笑得這麼明朗……我莫名有一種焦躁的感覺。

裁判正在和兩支隊伍重申規則，球場上雖然吵雜，在等待期間也漸漸趨於平靜。我一直望著球場上的宋彌恩，思緒卻慢慢飄遠，而我的心情也慢慢在此時沉澱下來……學姊和學長的事，不知不覺又在腦海裡浮現。

雖然我還是搞不懂學姊勸誡我不要太靠近方寅學長的用意，但以目前的狀況來說……學長那天說過的話，並不是為了婉拒我而撒謊，對吧？

「我快要學測了，這件事……能不能等我考完試後再說呢？」

「現在不是我談戀愛的時候。」

學長一定知道我喜歡他吧……而面對我的心意，他大可以直接拒絕我的、也可以在這之後就直接和我切斷聯繫。但是他沒有，他說要到學測結束後再給我答覆，在那天以後也都和我互傳訊息，一切如常。現在，我也知道他和學姊並沒有在交往——既然如此，我是不是可以再一次地認為，他也是對我有好感的呢？

一想到這裡，我原本被曉梅那句話澆熄的心動，又再次蕩漾起來。我覺得今天的一切，就像是一場陣雨，才剛因為滂沱的雨勢而沮喪，馬上就因為放晴而感到心情愉悅。

我才剛這麼想著，就感覺自己的手臂被什麼滴到。我抬頭看去，天色似乎更陰暗了。

我身邊也開始有人說道：「啊！好像下雨了，我剛剛感覺被雨滴到了！」

不久後，天空果然就開始飄起陣陣細雨。我皺了一下眉頭，重新看向球場——與此同時，裁判吹了第一聲哨音，宣布比賽開始。

帶著涼意的斜雨在眼前墜落、飄搖，宋彌恩一邊運球，一邊閃避敵隊的攻勢——他運球的動作流暢，雖然帶著一顆球，腳步卻依舊迅速。

他看準時機，突然做出一個假動作，趁空檔把球傳給隊友，一氣呵成的動作讓人嘆為觀止。我看得驚訝，不自覺張大嘴巴。這是我第一次看到宋彌恩打籃球的樣子，在這之前我根本無法想像他身手如此矯捷。

我突然就能理解，為什麼他們班的男生都想找他一起打球了。

雨勢漸漸變大，空氣裡盡是沁涼的寒意，我瞇起眼睛，不讓雨水阻擋視線。同時，我身上的襯衫也被一點一點地浸濕。

宋彌恩矯捷的身影在雨中穿梭不斷，就像穿過針的絲線，流暢而迅速地在眼前勾出漂亮的線條。

宋彌恩接到球，開始往籃板奔去，四周的尖叫和歡呼聲頓時喧鬧了起來，我不自覺屏住氣息，目光緊緊跟隨著宋彌恩的腳步——

下一秒，宋彌恩把球投擲出去，在空中劃出完美的拋物線。敵隊試圖跳起來阻擋，卻沒有成功。

那顆球就這樣俐落直接地墜入網中——這瞬間，掀起了全場的尖叫和歡呼，我不禁開始用力鼓掌，也開始跟著其他人叫喊起來。

球在落地前被敵隊球員接到，並開始運球往另一個籃框狂奔。宋彌恩立刻追了上去，途中卻抬頭看了我一眼。

他全身已經濕透了，在灰暗的天色和大雨之中，他的眼神更顯澄澈明亮。他對我微微一笑，純粹乾淨的目光，一點也不像是剛才那個突破防守、得分成功的強勢傢伙。

我忍不住揚起笑容，把手圈在嘴邊，為他歡呼得更大聲。

他突然撇過頭，抿著唇笑得羞澀，然後加快了腳步，追上前方的敵隊球員。

而我坐在第一排，輕易地就看見了他燒紅的耳根——又害羞了嗎？我忍不住無奈地笑了。

好像只要看著宋彌恩，我的心情就可以變得很好很好。

學長的事……不管怎樣，既然還搞不清楚狀況，那麼我就要往好的地方去想。

第四章　花鈴期

陣雨絲毫沒有要停歇的趨勢，雨勢變得越來越大，整座籃球場籠罩在朦朧的水氣中。

此時，籃球賽戰況也越發激烈，正當大家還在吶喊歡呼時，裁判卻突然吹哨停止了比賽。

宋彌恩站在球場上，一臉錯愕，雙手還維持著防守的姿勢。

「各位同學，雨勢實在太大了。為了大家的安全，我們決定暫定今天的比賽！比賽後續會怎麼處理，這會由我們體育組再討論，大家現在趕快回去避雨吧！」裁判一說完，有些觀眾像是迫不及待地往有屋簷的地方衝、也有些人發出遺憾的抱怨聲。

球場上的男孩們一開始不太情願，纏著裁判鬧了很久，但裁判的立場非常堅定。他們最後只好摸摸鼻子，一邊用衣服擦汗、一邊緩緩踱上觀眾席。

我還坐在原地，宋彌恩一看見我，立刻跑過來，喊道：「學姊！妳在幹嘛？怎麼不趕快去避雨啊！」他的語氣很慌張，像是一隻驚惶的小動物。

我啞然失笑，「沒差啦！你不是也在淋雨嗎？」雨勢太大，我必須瞇起眼睛才能直視他。

宋彌恩忽然伸出手來，一把將我從位子上拉起來，然後往有屋簷的地方跑去。他全身都溼透了，髮梢甚至有水珠緩緩滴落。

等我們已經躲到屋簷下時，有不少人已經離開了。我們倆就這樣並肩站在一起，彼此都沒說話。周遭變得非常安靜，只剩下磅礴的雨聲和宋彌恩呼吸時微微的起伏聲。

「學姊……」宋彌恩突然喚我一聲。

我沒有看他，只是盯著外頭的雨勢，輕輕應了一聲：「嗯？」

「今天看到我打球，妳覺得……怎麼樣？」他的聲音，伴隨著雨聲，顯得更加柔軟。像一朵沾了水的棉花，漸漸沉入心底。

我愣了一下，偏頭過去看他。他垂著頭，有些頹喪的模樣，剛才那個問題像是擠出全身的力氣才問出口的。

我下意識就想要說出心裡話，但最後拐了個彎，稱讚道：「很可愛呀。」我微微一笑。

宋彌恩頓了一下，轉過頭來，和我四目相交。他的眉頭緊皺著，好像一點也開心不起來。說他可愛難道不好嗎？我斂去笑容，問道：「怎麼了？」

宋彌恩突然露出苦笑，無奈地搖搖頭，若有似無地嘆了口氣，「啊，沒什麼……只是本來期望學姊能稱讚我很帥的……」他的聲音很小很小，彷彿在喃喃自語。

聽見這句話，我心中一顫。我愣然地望著他，不知道該做何反應——其實，我剛才本來想說的話……的確是「他很帥氣」。

他總是像個孩子一樣，看起來天真可愛。但剛才那個在籃球場上揮灑汗水的宋彌恩，卻顯露出不同以往的一面——那是帥氣的他。

正當我還在猶豫該怎麼回應時，宋彌恩就對我露出一抹明朗的笑容，似乎是已經釋懷。我也跟著揚起笑，問道：「要回去了嗎？」

宋彌恩動了動嘴唇，正要回答，臉上的神情卻忽然僵住。我納悶地望著他，「宋彌恩，你怎麼了？」

還沒等他回答，他就忽然轉過身，只留給我一個後腦勺。我不知所措地喊他：「你在幹嘛？」

宋彌恩沉默了一陣子，才出聲說道：「學姊……妳能不能在這裡等我一下？」

我納悶地盯著他的後腦勺，「啊？你要去哪裡？」

他依舊背對著我，我隱約能看見他耳朵漾起的霞紅。

「一下下就好，真的一下下就好！」他再三強調。

我聽得一頭霧水，「哦……可以啊。」我回答道，「那我就在這裡等你囉？」

他背對著我，用力點頭，有幾滴水珠滑落髮梢。接著，他便直接離開屋簷，在大雨中朝著教學大樓奔去。他跑得很快，就像在百米衝刺一樣，身影很快就消失在另一端。

我到現在還是有點搞不太清楚狀況……站在原地，就這樣愣愣地等著。

我等得有些無聊了，乾脆四處看看。當我低下頭，看見自己的制服襯衫，我不禁全身一僵——我純白的襯衫已經濕透了，隱隱透出裡頭內衣的顏色。

我心臟像是要炸開似地狂跳。難道剛剛宋彌恩就是看到……我摀住自己的臉，整個人都快要崩潰了。

維持這個姿勢不久，我聽見有人的腳步踩在地面上盪起水花的聲音。我從手指的縫隙裡窺見宋彌恩狂奔而來的身影，而他懷裡正緊緊抱著什麼。

我慢慢把手放下來，才剛與他四目相交，他就立刻攤開外套，然後摟住我。

短短的瞬間，我感覺到他的體溫和他身上淡淡的氣味。他很快地鬆開擁抱，只留下外套還在我的身上。

我愣了好一會兒才反應過來，宋彌恩剛才突然離開，原來是為了要拿外套給我。

「你……」我愣愣地出聲。

宋彌恩一邊笑著，一邊扶著膝蓋喘氣，看來他剛才用盡了全力在奔跑。

「學姊……」他的呼吸依舊紊亂，聲音卻依舊柔軟，「我的外套先借妳一天吧！」他笑著說道。不停有水珠從他的髮梢和下頷滑落，他伸手抹了一把臉，把臉上的水全部抹掉。

我伸手把快要滑落的外套攏緊。宋彌恩的外套是乾燥溫暖的，想必他剛才一定是仔細地護在懷裡，不讓它被淋濕。

我抿住下唇，心中有一股溫熱的感覺在蕩漾著。

「啊……雨好像變小了。」宋彌恩說道。我抬頭看了一眼，發現雨的確變小了，只剩下毛毛雨。

「學姊，我們回去吧？」宋彌恩說道。

我點點頭，緊抓著外套，和宋彌恩一起跑向教學大樓。

和宋彌恩分別後，我慢慢地把宋彌恩給我的外套穿起來。

抵達教室的時候，大家已經開始收拾攤位了。因為那場突如其來的大雨，很多剛才在戶外活動的同學都變成了落湯雞，所以我看起來並不突兀。

曉梅剛好走過來，看見我時露出微笑，「詠絮，妳回來啦！」她看了看，又說：「妳剛淋雨啦？」

我微微一笑，「噢，是呀。」

她的視線慢慢往下，停在我的外套上。我愣了一下，才意識到我現在正穿著宋彌恩的運動服外套有多麼地……曖昧。

我連忙清了清嗓，轉移話題：「曉梅，我有件事想問問妳……」

曉梅愣了一下，「嗯，好呀，妳問。」

「那個……我想問妳，方寅學長和于蘋學姊……他們以前在社團都是怎麼相處的？」

曉梅一聽見我提起方寅學長和于蘋學姊，眼神有一霎的凝滯，神色有點古怪，但很快地消逝無蹤。她露出一抹笑，「怎麼突然問我這個？」

事實上，我問這個問題並非只是為了轉移話題。對於于蘋學姊說的話，我仍然心存芥蒂。她和學長曾經交往過、現在已經分手，卻仍不停地勸我離開方寅學長……這其中的原因到底是什麼？

難道是她還喜歡著方寅學長，所以吃醋了？又或者是，她是真心地勸我不要和他深交？如果真是如此，那又是為什麼？

我內心實在有太多疑問，所以我想旁敲側擊地問問曉梅。也許知道了他們交往時的狀況，我能稍微推敲出學姊的意圖。

「沒什麼，就是好奇嘛。」我訕笑道，「兩大風雲人物在一起，我竟然今天才知道……他們平時是怎麼相處的，實在太令人好奇了。」我隨口說道。

曉梅點點頭，「哦，原來是這樣……那我們坐著說吧。」

我和曉梅一前一後地坐在教室裡，曉梅雙手撐在下巴處，說道：「其實他們兩個一直都很低調，最先發現他們在交往的人也是熱音社的成員……一開始大概只有社團裡的人知道，不過後來時間久了，一傳十、十傳百，就幾乎所有認識他們的人都知道了。」

我聽得認真，雙眼直直盯著曉梅。不曉得為什麼，我總覺得曉梅在說這些話時，眼珠子總是在打轉，像是心虛又像是尷尬。

但我沒想得太多，只是轉而問道：「那他們兩個互動很甜蜜嗎？常常秀恩愛什麼的……」

曉梅連忙搖頭，回答道：「老實說，我覺得他們除了外表登對以外，一點也不像情侶。」

我愣了一下，「怎麼說？」

「每個禮拜的社團課，如果要討論事情的話，他們兩個都會把彼此的意見當空氣、忽視對方的發言。而且，于蘋學姊每次在社團課上臉色都很難看，後來我才知道他們常常吵架、冷戰，熱音社常常因為這件事而被搞得氣氛很僵。」

我驚訝地張大嘴巴。我從沒想過學長和學姊在交往時是這樣的相處模式——看來，學姊會和方寅學長分手，似乎不是太讓人意外的消息。

「為什麼啊？」我實在不能理解，「他們兩個那麼般配。」

曉梅忽然露出無奈的表情，但還沒等我反應過來，她就揚起一抹尷尬的微笑，說道：「嗯……是啊，為什麼呢？我也不太曉得。不過他們現在還在交往，應該感情還是很好的。」

聽見曉梅這句話，我有點猶豫要不要告訴她于蘋學姊已經和學長分手的事。但仔細想想，這畢竟還是學姊和學長的隱私，我還是少說為妙。

我和曉梅的對話就到此為止，之後我們就開始幫忙收拾攤位、打掃教室，也沒有再多聊這方面的事了。

＊＊＊

回到家後，我立刻洗了一個熱水澡，也馬上將頭髮吹乾。

我坐到書桌前，仔細思考今天一整天發生的事……總覺得非常混亂。先是聽說學姊和方寅學長交往的事、再來又是他們已經分手的消息……

還有，曉梅告訴我的那些事。我突然就想起第一次和于蘋學姊對話時，她曾說過的那句話——

「老實說，他還滿常生氣的呢。嗯……學妹啊，方寅唱歌很好聽、長得帥氣是沒錯，不過如果真的喜歡他，妳應該試著多去了解他。現在妳把他想得太完美了。」

現在想來，學姊當初那句話，就像一種隱晦的勸告。

「我只是擔心妳受傷而已。」學姊重複了好幾次的那句話，迄今我還是弄不懂意思。

伴隨著一次又一次的告誡，我現在心中竟生出了一絲排斥感。我突然不想去面對問題的答案……因為方寅學長在我眼裡，是這麼地完美，我一點也不想去質疑他。

也許，我不敢向于蘋學姊把事情問清楚，只是害怕自己會失望吧……

想到這裡，我的思緒就此打住，我搖搖頭，試圖將這份畏懼拋諸腦後。

我拿出已經縫好一半的娃娃、也就是我打算聖誕節要送給方寅學長的禮物，另一手則拿起針線，開始全神貫注地縫製。

透過一針一線的舉動，我將全副心思都放在娃娃上頭，混亂的思緒彷彿也慢慢地沉靜下來。

——比起旁人的言語，我更該相信學長親口說出來的話，不是嗎？學長既然要我等他學測結束，那麼我就等吧。

等到那一天，我就能確認他的心意了。那些突如其來的煩惱，應該也能隨之消逝，對吧？

＊＊＊

時間過得很快，才剛陷入結束段考的欣喜，不知不覺又必須開始準備下一次的考試。

就在段考將近的某一天，我聽見教務處的廣播，內容是在提醒高一二下課時不要大聲喧嘩，因為當日是高三的第二次模擬考。

當時，我坐在座位上，聽見關鍵字就忍不住抬起頭，望向遠處的高三樓層。

「我快要學測了，這件事……能不能等我考完試後再說呢？」

學長當時這句話，使我一直隱約在期盼學測的到來。因此，今天聽見廣播器說是第二次模擬考，我心中竟生出一絲欣喜來，感覺自己接近學測結束那一天又邁進了一大步。

——而在此之前，有個重大的日子就要來臨了。

我踏入社團教室，把電燈全部打開，選了習慣的位置坐下。因為時間還早，所以其他社員都還沒有來，我坐在位子上，把縫紉的用具一一拿出來擺在桌上。

我把兩隻娃娃擺在桌上，一左一右。左邊的是社團課要交的作業，我已經完成進度，棉花也已經塞好了；而右邊的娃娃，則是我要在聖誕節上送給方寅學長的禮物，現在差一點點就能完成了，但因為還沒塞棉花，所以它現在還尚未成形，沒有仔細看的話，大概只會覺得是一片布料。

聖誕節只剩下不到一個月了……我輕輕摩娑襪子布料，不禁露出一抹心滿意足的笑容。不知道學長會不會喜歡這個禮物呢？

「學姊！」宋彌恩的聲音傳來，我一抬頭，就看見他對我燦爛一笑。

我微微一笑，向他打招呼：「你來啦？」

宋彌恩跑過來，坐到我前面的位置，笑嘻嘻地說：「學姊，妳在做什麼？」他的目光悄悄往我手中挪去。

我心中一跳，立刻把手中的娃娃收進抽屜裡。我做出這個舉動後，才察覺是欲蓋彌彰，但已經來不及了。

宋彌恩露出若有所思的神情，盯著我的手。

我尷尬地笑了笑，「……沒什麼，我自己另外縫的娃娃而已。」

宋彌恩依舊維持那副深思的表情，我頓時有些緊張了。我不曉得自己為什麼要這麼心虛……宋彌恩明明知道我喜歡方寅學長呀。

過了半晌，宋彌恩才忽然露出一抹淺淺的笑，「是要送給方寅學長的聖誕節禮物嗎？」他問。

我愣了一下，接著勉強點點頭，應了一聲：「嗯。」我總覺得自己的語氣聽起來很彆扭，似乎很難為情的樣子。

宋彌恩輕輕點頭，卻也沒有多說什麼。我們彼此陷入一陣沉默，而我心中更覺尷尬。

最後，我隨口轉移了話題：「那個……你學得怎麼樣了？」因為高一和高二的程度有落差，所以社團課時，指導老師都會分開教學。

「還可以吧。」宋彌恩聳聳肩，回答道，「現在也有在縫娃娃了，不過那對學姊妳來說應該很簡單吧？」他說完，對我露出微笑。

「……這話我可不敢當。」我也笑了，「之前有看到你在縫，明明超專業的。」之前幾次課堂，我朝宋彌恩那裡看去，他縫東西的時候動作流暢俐落，雖然我沒看過他縫出來的成品，但指導老師對他讚譽有加，常常拿著他的作品給其他高一學生看，要他們多多向宋彌恩學習。我也常常聽到指導老師說要把宋彌恩調來高二這裡，學更具技巧的娃娃，但宋彌恩都婉拒了。

想到這裡，我忍不住好奇，接下去問道：「對了，你為什麼不願意過來高二這裡學啊？」

宋彌恩眨了眨眼睛，「哦……」他搔了搔頭，「因為如果和妳一起學，我就……」

看他欲言又止的樣子，我更加疑惑，「什麼？」

宋彌恩抿抿唇，聲音軟軟地回答：「如果和學姊一起學，我就得和學姊同時間聽老師講解……」

「所以呢？」我實在想不透這有什麼關聯。

「這樣，我就沒辦法觀察學姊在做什麼了……」宋彌恩慢慢地低下頭，聲音越來越小、越來越小……

我思緒頓時化作一片空白，心中漾起一陣異樣的感受。

我突然發覺，宋彌恩好像常對我說出這種令人浮想聯翩的話，我總會因為這些話而感到慌張。但仔細思考過後，我不禁開始覺得，說不定他對每個人都是這樣的。宋彌恩一直都是個單純的人，也許他說那些話，根本沒有別的意思。

這麼想著，我似乎不怎麼介意了，也沒把他那些曖昧的話放在心上。於是，我揚起一抹笑容，忍不住調侃：「聽起來很像變態耶。」

我本以為宋彌恩聽了又會像平時那樣難為情地臉紅，沒想到他聽了我這句話，竟露出了受傷的表情。他微微皺著眉頭，眼神閃爍。

我愣了一下，突然間不知道該作何反應。

「宋彌恩……」我出聲喚道，接著張了張嘴，卻發不出聲音，連一句道歉的話也說不出口。

宋彌恩已經恢復了笑意，卻依然有些僵硬。他訕訕地說：「什麼變態……學姊真過分！」他的語氣故作輕鬆，根本沒有絲毫怨懟。

我皺起眉頭，見他這樣若無其事的態度，胸口有一股悶悶的感覺。

還沒等我想好該怎麼開口，一群社員恰好走進社團教室。他們熱熱鬧鬧的，像一群聒噪的麻雀，很快就將宋彌恩的思緒帶往另一處，而我那哽在胸口裡的鬱悶感，也就無從紓解了。

宋彌恩笑嘻嘻地和大家打招呼，臉上洋溢著燦爛的微笑，彷彿剛剛那場尷尬不曾存在。

我低垂著頭，盯著被我藏入抽屜的娃娃，忍不住輕嘆了一口氣。

而在這之後，宋彌恩一如既往地和我有說有笑。

既然宋彌恩想當作沒事發生，那我也只好說服自己別太在意，重新對他展露笑顏。

＊＊＊

十二月悄然降臨的那個時候，四處就已經充滿了聖誕節氣息。我家附近的車站從十一月底就開始擺設裝飾，到了十二月初，已經處處可見閃爍的ＬＥＤ燈泡，在每個夜晚大放光彩。

不只是街道上的裝飾，隨著時間越來越接近聖誕節，學校裡也開始瀰漫一股歡慶的氛圍──大家都在討論當天該送朋友什麼、也有些人早就約好要一起交換禮物，四處洋溢著幸福且歡快的氣氛。

轉眼間，明天就是大家期盼已久的聖誕節了。今年的聖誕節剛好是在星期五，想必明天一定會是個熱鬧歡騰的日子。

我上個星期就已經到書局買好禮物盒及包裝紙。此刻，我坐在書桌前，手裡捧著不久前縫好的襪子娃娃，桌上則擺著我苦思許久後寫下的聖誕卡片。

雖然我和方寅學長的關係現在變得曖昧不清，但我卡片的內容依然保守謹慎，絲毫沒有吐露對他的感情，只有祝福他學測可以順利拿到好成績。

我看著自己寫下的卡片，忽然就想起了今年暑假時，我請于蘋學姊轉交給方寅學長的那張卡片。我回想了一下，赫然發現當時寫下的內容和現在大同小異，我不禁感到有些苦澀。

暑假那時候，我和學長還是仰望與被仰望的關係，所以我在卡片上寫的內容生疏有禮；現在，好不容易我跨出了一大步、能和學長並肩同行了，我寫給他的卡片卻依然有著許多顧忌。

照理來說，在這段日子裡，我們之間應該有稍微親近一點了吧……但此時看著這張卡片，我不禁也開始懷疑了起來。我和方寅學長，真的算得上親近嗎？

我發現，學長一直以來的迴避閃躲，成了我心中最大的不安——即使他總是天天傳訊息給我、偶爾和我出去約會，我卻始終不明白，自己在他心裡到底是什麼？

但我沒辦法問他，因為他已給了我承諾：他要我等待，等待一個未知的答案。

本來的好心情被這樣的思緒破壞殆盡。我將禮物包裝好，裝進袋子裡，然後決定除了聖誕節以外的事，暫時都不要去想。

正當我拿著浴巾，準備進浴室洗澡時，我的手機響了起來。看見上頭的來電顯示，我愣了一下才接起來。

「喂？」我開口。

「晚上好。」方寅學長低啞磁性的嗓音傳來。直到現在，我還是很不習慣與他通電話，平時都是傳訊息居多。

「學長，你有什麼事嗎？」我關上房門、坐上床沿，靜靜等待他發話。他似乎不在家裡，因為我聽見電話裡有風聲和車子呼嘯而過的聲音。

「詠絮，妳現在在家嗎？」他問。

我感到納悶，但還是如實回答：「對，我在家。怎麼了嗎？」

「那妳現在有空嗎？能不能出來一下？」方寅學長問道。

我吃驚地問：「現在？」

「嗯。」他應的這句話很輕很輕，差點被四周的吵雜給蓋過。

「可以是可以……」我遲疑了一會兒，「但我得跟我爸媽報備，不能太晚回家。」

「放心吧。」學長笑了一聲，「妳大概五分鐘之內就能回家了。」

我噎了一下，困惑地問：「什麼？」

「詠絮，我現在就在妳家樓下。方便下來一會兒嗎？」

我被這句話嚇了一大跳，「你、你在我家樓下？」我的聲音充滿驚訝。

方寅學長冷靜地回答：「對，現在。」他又說道：「如果方便的話，就見我一下吧，不會花妳太多時間、也不會去其他地方，就稍微見一面。」

我花了好久才回過神來，「哦……好，我馬上下去。」

「好，我等妳。」說完，學長便掛斷了電話。

我立刻開始檢視自己身上穿了什麼。因為還沒洗澡，所以我身上還是學校制服，配著一件普通的棉質長褲。我本來還在猶豫該不該換件衣服，但一想到學長還在樓下等我，我也管不了那麼多了，抓了鑰匙、和爸媽說了一聲就走出家門。

——到底有什麼事，需要讓方寅學長親自來找我？雖然現在天氣算不上太冷，但也有幾絲涼意了，想到這裡，我趕緊加快腳步下樓。

果然，一打開大樓鐵門，我就看見佇立在那兒的學長。依舊熟悉的畫面——頎長的身形、深沉的眼眸。

我慢慢走上前去，感覺自己心跳如鼓。我深吸一口氣，開口問道：「學長，你有事找我嗎？」

我發現學長還背著一個後背包，而且身上也穿著校服。

學長對我微微一笑，「沒事，我剛剛從圖書館離開，順道去買了點東西。」

原來，難怪他會是這身打扮。不過，這和他來找我有什麼關係？我不禁感到納悶。

他似乎察覺了我疑惑的目光，緩緩走近我，從口袋裡掏出了什麼。我定睛一看，才發現是一個雪花造型的髮夾。雖然看起來質料並不高級，但設計精美可愛，完全是女孩子會喜歡的款式。

我張了張嘴巴，呆愣地看著他手裡的髮夾。

「詠絮，平安夜快樂。」學長說這句話時，臉色疏淡，而他手裡的雪花髮夾好似閃閃發亮，我驚訝得兩眼發直。

「這、這難道是……」我聽見自己的聲音在發抖，「是送給我的？」

學長的表情依舊淡然，他點點頭，「是。」

他想了想，又說道：「我剛從圖書館出來後，剛巧看見路上有人在賣小飾品，覺得很適合妳就買了。」方寅學長的聲音低沉，像是覆在我耳畔的貝斯旋律。

我心中湧上一股感動，突然完全不知道該說什麼好了。我的眼睛開始發熱，像是隨時會有眼淚掉下來，我努力抑制自己想要哭泣的衝動。

我對學長露出一抹燦爛的笑容，聲音依然在顫抖：「學、學長，我真的真的很開心……謝謝你！」說到這裡，我再也忍不住了，眼淚奪眶而出。我感覺到自己眼淚的溫熱，但那絕對抵不過我心中此刻的溫度——幾乎是沸騰且熾熱的。

我突然覺得原本動搖我的那些不安感，全都被這樣的溫度蒸發殆盡，不留一絲痕跡。同時，取而代之的是一股瘋狂的、幾乎要迸發開來的喜悅。我想，我絕對是這個平安夜裡，全世界最幸運的女孩。

＊＊＊

我隔天起得太早，搭上了還沒什麼人的公車。在通勤到學校的這段路程有空位可坐，這是很難得的一件事。

我坐在搖搖晃晃的公車上，手裡捧著昨晚學長給我的雪花髮夾，心中依舊澎湃不已。要不是這個髮夾現在就在我的手裡，我肯定會以為昨晚只是一場夢。

我忍不住揚起笑容，緩緩地將髮夾夾上瀏海。接著，我從書包裡拿出手機，打開自拍功能，一邊拿著手機、一邊調整髮夾的位置。遺憾的是，這個髮夾一點也不好用，才剛夾上瀏海就馬上溜下來——看來，這髮夾一點也不適合我。儘管如此，我仍沒把這個髮夾拿下來，而是盡力昂著頭、不讓它滑落。

收起手機後，我瞥了一眼書包旁的禮物袋。裡頭正裝著我要送給方寅學長的襪子娃娃。

昨晚收到髮夾後，我實在感動得無法思考，一時間忘了禮物的存在，所以沒有直接送出去。但沒關係的，我本來就是打算在聖誕節當天送給學長，只要我今天找個時間去學長班上找他，禮物照樣能送到他手上。

＊＊＊

當我抵達教室時，已經有幾位同學到了。他們忙著分送拐杖糖、送卡片……每個人的臉上都掛著燦爛的笑容。

我坐在自己的位置上，開始整理東西，把書包放好、禮物袋掛好……東西都打理好後，我把髮夾拿下來，重新整理好瀏海，再把它夾上去。

這時候，有同學走過來送我卡片，我驚喜地收下了，也向他們道謝。雖然他們寫的內容只是短短的一句「聖誕節快樂」，但我仍然很開心，感覺本來就興奮的情緒在這一刻變得更加激昂。

跟在他們後面的，是曉梅。她笑盈盈地朝我走過來，把卡片和拐杖糖遞給我，說道：「詠絮，聖誕節快樂！」

我也笑著，「謝謝妳呀，曉梅！」我突然感到一陣不好意思，因為我什麼也沒準備，無法回贈給曉梅她們。

忽然，曉梅盯著我看了一會兒，接著說道：「詠絮，這是妳的新髮夾嗎？我以前從沒看過妳戴過。」她的語氣裡有著稱讚。

果然，曉梅下一句就說道：「我覺得這髮夾好可愛！妳是去哪裡買的？」曉梅看起來似乎真的很喜歡這個髮夾。

交換穿搭情報是女孩子之間常有的事，所以我也很樂於分享。我羞澀地笑了笑，「是新的沒錯。不過，這是我從別人那裡收到的禮物，所以我不確定是在哪裡買的……」

老實說，看到別人這麼欣賞方寅學長送給我的禮物，我心中除了驚喜以外，還有一股莫名的驕傲感。就好像曉梅正在稱讚的不只是這枚髮夾，同時還是方寅學長和我之間的關係。

曉梅笑嘻嘻地坐到我前面，撐著下巴，眼神裡閃著好奇的光亮，「難道是……男朋友送的？」

我尷尬地笑了笑，沒有馬上否認。

曉梅似乎以為我是默認了，嚇了一跳，瞪大眼睛看著我，「不會吧？我只是開玩笑的耶……妳真的有男朋友？」

我露出一抹苦笑，突然不知道該怎麼回應。明明答案就是簡單的「沒有」兩個字，我卻難以啟齒。

「真抱歉呀，詠絜。」曉梅皺著眉頭，「我不是故意打探妳隱私的，我本來只是想開個玩笑，沒想到是真的。」

我搖搖頭，「沒關係。」我說完才意識到，我應該先解釋自己沒有男朋友的。

但澄清的時機已過，曉梅對我重新露出微笑，她說：「雖然不知道是什麼時候的事，但真的很恭喜妳！希望你們可以幸福久久。還有，請妳放心，我一定替妳保密。」

都已經收到她的祝福，我這下更無力辯駁了。但仔細想想，即使她以為我有男朋友，應該也沒關係吧？

於是我微微一笑，並不打算澄清這個誤會，「謝謝妳，曉梅。」我是真心感謝她的真情真意。

忽然，曉梅話鋒一轉：「啊……妳男朋友該不會是之前陪妳放學的那個學弟吧？」

我吃了一驚，愣愣地看著她。曉梅說的是宋彌恩。

「我之前看到的時候，就覺得你們兩個一定是感情很好的朋友。至少是友達以上的那種。」曉梅笑咪咪地說，「原來你們真的是男女朋友，真是太登對了。」

曉梅似乎已經認定宋彌恩是我男朋友了。我本來急著解釋，卻突然感到遲疑。是啊，我和宋彌恩天天一起放學，就算說我和他是一對情侶，應該也不會有人懷疑吧？然而，我卻從沒想過自己和宋彌恩在別人的眼裡看起來像什麼，我只知道和他一起放學很愉快，所以就這麼持續這個習慣直到今日。沒想到，對曉梅這樣的外人來說，我和宋彌恩看起來竟然很登對。

「總之，真的祝福妳。」曉梅微笑說道，而我忽然發現，她的神情有些落寞。

我忍不住好奇，開口問道：「曉梅，妳怎麼了？」

她吃了一驚，睜大眼睛看著我。

我說道：「抱歉……我只是看妳好像臉色有點怪怪的。」

以前我也常常發現曉梅表情古怪，但往往我都沒有多想。今天會這麼問出口，大概是因為現在的氣氛很像在交換什麼祕密，就像每個女孩子之間常做的那樣，所以我忍不住就問出口了。何況，經過幾個月的時間，我和曉梅之間已經有一定的交情了，我認為身為朋友，我有義務關心她——當然，她如果不想說，我絕不會勉強她，但我一定得表達自己的關心。

曉梅聽了我的問題，眼裡的驚愕慢慢消逝。她緊皺著眉頭，四處張望了一陣子，才靠在我耳邊輕聲說道：「詠絮，妳會替我保密，對吧？」

我用力點點頭，又說：「我在班上沒什麼可以說祕密的朋友，所以我就算要洩漏祕密，我也沒得說。」

曉梅仍舊皺著眉頭，她稍稍挪開距離，音量卻變得更小：「其實，我很羨慕妳。」

我愣了一下，「什麼？」

「事情是這樣的……其實，我喜歡的人已經有女朋友了。」她的口吻既失落又受傷。

我心頓時軟化，我拍拍她的肩膀，「原來是這樣……」除此之外，我不知道該說什麼安慰她。

「不只是這樣而已。」曉梅望著我，眼神流動著遲疑和掙扎。她似乎還在猶豫要不要向我說更多的祕密。

我給予她一抹微笑，試圖讓她安心，「曉梅，妳不一定要告訴我。但如果妳覺得告訴我，心情會比較好，那我很願意傾聽。」我放柔了聲音。

曉梅聽了我的話，似乎慢慢卸下心防。她對我露出溫柔的微笑，「詠絮，謝謝妳。」

我沒有答話，等待她繼續把故事說完。

「我剛才說，我喜歡的人有女朋友了——如果只是這樣的話，或許我還不會這麼為難。」曉梅苦笑著，「讓我這麼煩惱為難的，是我喜歡的人一直對我表達好感。」

我瞪大眼睛，驚訝地望著曉梅，「啊？」我頓了一下，迅速整理好思緒，又問：「所以他喜歡妳嗎？」

曉梅搖搖頭，「我不知道，也許有一點喜歡吧。但我不懂他為什麼有了女朋友，還不斷向我示好。」

她調整了一下坐姿，繼續說：「我真的真的很喜歡他，但我從沒在他面前顯露我的心意，而且我們的交情也不深，在知道他有女朋友以後，我也決定要把這份心意深藏在心中……但不曉得從什麼時候開始，他一直接近我，甚至向我表達好感，一直送我東西、說出許多曖昧的話，我始終不懂他為什麼要這樣……我完全不想介入他和他女朋友之間的感情，可是卻又難以拒絕他的示好。」曉梅說到這裡，輕嘆了口氣。

我冷靜地想了想，問道：「那他為什麼不跟女朋友分手？聽起來他是喜歡妳的呀。」

曉梅再度露出苦笑，搖搖頭，「我不知道他為什麼不分手，也許他還喜歡他的女朋友吧……而且，我也不知道他在想什麼，我甚至不覺得他喜歡我——因為他從來沒說過喜歡我，即使是曖昧的話也是模稜兩可，不確定是甜言蜜語、還是我自作多情。也是因為這樣，我一直沒辦法斬釘截鐵地拒絕他對我的示好，因為說不定他根本對我沒意思，如果真是這樣，我拒絕了他，他肯定覺得我是個神經病……就這樣，不知不覺，我就接受了每次的禮物、也依舊為了他每次曖昧的話語而心跳加速。」

曉梅說得有點複雜，但不曉得為什麼，我似乎很能理解她的心境。

「我懂了。」我說。

「為了這件事，我實在煩惱了很久。」曉梅趴在桌上，悶聲說道，「一方面很不想成為別人的第三者、一方面卻又因為沒有實質的承諾而不知道該怎麼拒絕對方的示好。要是他今天向我告白，我肯定會直接拒絕他，因為我絕不可能當第三者，但問題就在於他從來沒確切說過喜歡我，我連拒絕的理由都沒有。」

我想起了自己和方寅學長之間那種不上不下的關係。雖然情況和曉梅截然不同，但我覺得自己的處境和曉梅很相似——我和曉梅，同樣都是處在一段含糊不清的關係裡。

光是等待一個答案就已讓我心急如焚，何況是「疑似」成為他人第三者的曉梅呢？

這下，我完全能明白曉梅的為難了。

我皺起眉頭，懊惱地說：「曉梅，對不起，我不太會安慰人……」在這方面，我始終笨拙。

曉梅微微一笑，搖搖頭，「沒事，詠絮。妳能聽我說這些，我已經很感謝了。」

我也回予她一抹笑容，說道：「好啦，今天是聖誕節，妳就別去想那些煩心的事了吧！」

曉梅依舊微笑著，點點頭，「聖誕節快樂，詠絮。」

我們這段對話在溫馨的氛圍中畫下句點。之後，曉梅暫時和我道別，繼續分送糖果和卡片給大家。

看著曉梅離去時的背影，我總想不明白，她這麼可愛又善良的女孩怎麼會遇上這麼麻煩的事。

我暫時沒再多想，拆開曉梅送給我的拐杖糖，含入嘴裡。甜膩的味道在舌尖融化發散，我忍不住瞇起眼。

今天早上的課堂，大家都明顯沉浸在節慶的歡愉之中，心思浮躁。而我也不例外。

好不容易熬到午休時間，我待在教室裡吃午餐，有些同學正興高采烈地窩在角落交換禮物，而我聽著他們熱鬧的議論聲，不時看向自己掛在一邊的禮物袋，心中忖度著該什麼時候該把禮物送給方寅學長。

吃飽後，我拿衛生紙開始擦拭桌面，一低下頭就感覺自己夾在瀏海上的雪花髮夾正在往下滑，我無奈地停下動作，趕緊把髮夾調整好，接著再也不敢隨意低頭，擔心它又掉下來。

拿著衛生紙要去後走廊丟垃圾時，我瞥見曉梅的位置上是空的。我微微一愣，停下腳步，在教室裡四處逡巡，卻始終沒看見曉梅。

曉梅下課時間常常不在，平時我總沒多想，但因為今早她才和我分享過心事，我隱約就覺得事情有些不對勁。

我將垃圾丟進垃圾桶，便立刻走出教室。大部分的學生還待在教室裡，走廊上空蕩蕩的。我本來想去找曉梅，但一時也不知道該去哪裡找——接著我才暗笑是自己想太多了，曉梅只是和我分享心事而已，不代表我必須這樣時時盯緊她吧？

我一邊笑著自己的糊塗，一邊邁開步伐，正準備走回教室。就在我轉身的前一秒，我看見走廊的盡頭有一抹人影緩緩朝我奔來。

我定睛一看，竟然是曉梅。我不由得停下腳步，困惑地望著曉梅。這個距離，我還看不清她的表情，我只知道她的步伐急促、彷彿很著急要去哪裡似地。

她似乎也看見我了，卻不如以往那樣對我露出笑容，而是喊道：「詠絮，妳等一下！先別走！」

我依舊頓在原地，對不遠處的她點點頭。

隨著她越來越接近我，我也終於看清了她的神情。曉梅正緊皺著眉頭，臉色蒼白。

我吃了一驚，「曉梅，妳怎麼了？」

曉梅已經在我面前停下腳步，她的眼神很複雜。看見她這樣的眼神，我頓時無法發聲，心中更突然生出了一股不安來。

這個瞬間，四周像是化作一片死寂。曉梅水汪汪的眼睛緊盯著我，摻雜著許多情緒——有不解、畏懼，也有驚訝。

我聽見自己的聲音微微顫抖著：「曉梅……妳怎麼了？」

「詠絮，」曉梅的聲音同樣顫抖著，也因為剛才的奔跑而有些急促，「妳老實告訴我……妳的髮夾，是誰送妳的？」她看了一眼我別在髮上的雪花髮夾，接著就像是害怕似地迴避了目光。

我瞪大眼睛，驚愣地望著曉梅，腦袋一片空白。

曉梅直直盯著我，像是猶豫許久，才艱難地開口：「是不是……方寅學長送妳的？」

我完全不知道她在說什麼，我就只是傻在原地，愣愣地望著她。

直到她握緊拳頭的手，在我面前慢慢鬆開，讓我看見她掌心裡的東西，我才真正明白是怎麼一回事……

曉梅的手掌裡，正躺著一枚梅花造型的髮夾。

而這個髮夾，和我現在別在頭髮上的，無論是質料或設計，幾乎大同小異。

驀然，我就什麼都懂了。

——曉梅故事裡的男主角、那個使她心煩意亂的人，原來就是方寅學長。

我重新望向曉梅，登時啞口無言，「妳今天說的那個人，難道就是……」

曉梅重新握緊那枚髮夾，胳膊無力地垂下。她無奈地頷首，「嗯，我說的就是方寅學長。」

在這一瞬，我終於明白一直以來曉梅的古怪行徑是怎麼一回事——那些紅茶、三明治和現在的梅花髮夾，全是方寅學長送給她的東西。平時，曉梅總是害怕別人看見學長送給她的東西、深怕被認為是介入學長和學姊之間感情的第三者，所以總是躲躲藏藏、露出心虛的神色。

原來，這就是曉梅祕密的全貌。

曉梅盯著我，問道：「所以，這到底是怎麼一回事，詠絮？妳不是已經有男朋友了嗎？」

我靜默一陣，搖搖頭，如實說道：「沒有，我沒有男朋友……對不起，今天早上我來不及解釋。」

曉梅抿抿唇，「所以這個髮夾……真的是方寅學長送的？」

我點點頭，應了一聲：「嗯。」我的腦袋一片渾沌，根本無法思考。我從沒想過，曉梅說的人竟然會是方寅學長。

「詠絮，難道妳一直以來也都在接受學長的好意嗎？我是說……」曉梅眼神有著遲疑，「我是說，就和我一樣……」她的聲音越來越低。

我隱約從她的語句裡捕捉到一絲譴責，我頓時有些慌張了，我立刻辯駁道：「曉梅！方寅學長早就和于蘋學姊分手了！」

曉梅聽見這句話，臉色一僵，盯著我，「妳說什麼？」

「是真的。」我試圖平復自己的情緒，望著曉梅，「校慶的時候，聽妳說了我才知道他們曾交往過。後來，于蘋學姊親口告訴我，他們倆在高二上學期的時候就分手了，只是沒告訴熱音社的人。」我說得很倉促，想要趕緊解釋清楚。

但是，說完以後，我卻感到一股茫然。我這個解釋，是想要澄清什麼？是澄清自己並不是介入學長和學姊之間的第三者嗎？

曉梅過了好一陣子才終於消化這件事，她喃喃道：「原來他們早就分手了……」

我看著曉梅，忍不住揣摩她現在的思緒：她在想什麼？是不是想著，原來自己根本不是第三者、然後鬆了一口氣呢？

曉梅和我凝視著彼此，而我心中不可避免地出現一個想法。看著曉梅漸趨沉重的眼神，我知道她也和我在想著同樣的事。

然而，我一點也不想接受這件事。因此，我撇開目光，嚥了口口水，說道：「是啊，他們早就分手了。妳可以不用擔心了。」我聽見自己的聲音帶著心虛和恐懼。

曉梅的眼裡閃著淚光，然後眼淚終於奪眶而出。她像是再也忍不住了，哽咽道：「分手又怎麼樣？」她的聲音既無奈又悲傷，「那我算什麼？妳又算什麼？詠絜，妳難道還不懂嗎？」

我緊咬著下唇，一點也不想理解她說的話，「不會的，不會是這樣的……」我向她說道，卻是越說越不安，我含著眼淚，猛力搖頭，「一定是有什麼誤會……」

「詠絮！」曉梅的聲音登時拔高，「妳不要傻了好不好！學長就算已經跟于蘋學姊分手了又怎麼樣？他對我示好、送我禮物的這段時間裡，他也一樣在跟妳曖昧！難道妳還不懂發生了什麼事嗎？他根本是在拈花惹草、撒魚網等著我們這些魚上鉤！」

「妳不要胡說！」我感覺胸口有一股怒火衝上來，「學長不可能是那種人！」我向曉梅大喊道，「曉梅，妳不要再胡說八道了。這完全是在毀謗學長！」我一邊說，眼淚也一邊滑下來。

然而，我心中的恐懼不安，似乎隨著這些話而變得安定，於是我越說越堅定：「對，妳不要亂說。學長不可能會是那種人。」我語無倫次的說著，卻越發理直氣壯。

到最後，我終於說服自己，一切都是曉梅的誤會，學長絕對不是那種人——是呀，學長明明承諾過學測後會給我一個答案的，他才不像曉梅想的那樣。什麼撒魚網等魚上鉤？這根本不可能。

曉梅似乎被我這樣的反應嚇到了，她流著眼淚、愣愣地望著我。過了半晌，她才茫然地問：「詠絮，妳真的還相信方寅？」曉梅不再稱呼他為學長了，這讓我感到心灰意冷。

我用力點頭，心中已經一點動搖也沒有了。

學長是我最崇敬的人、是我心中不可玷污的聖潔存在，他絕不可能做出這種事。

曉梅望著我，眼神充滿悲傷，「那就隨便妳吧，詠絮。」她的聲音有氣無力，「反正我是不會再相信他了。我只相信我親眼看見、親耳聽見的。」說完，曉梅忽然高高地抬起手，然後用力一甩。

我愣然地望著她，直到聽見有什麼東西碎裂的聲音，我才明白她剛才做了什麼。接著，她收回了手，悻悻然地轉身，走回教室。

我們倆剛才的爭執，已經引起不小的騷動，有很多班上的同學躲在窗臺旁偷窺。曉梅一看見他們，立刻破口大罵：「看什麼看！」或許是第一次看見曉梅發火，全部的人立刻散開，不敢再多管閒事。

我仍然站在走廊上。我低下頭，看著那枚嶄新的梅花髮夾已經碎作兩半地躺在地板上。我心中彷彿也有什麼地方碎裂了，而我的眼淚正啪答啪答地往下掉，我感覺自己是木然的，突然感知不到任何事物。

驀然，再度碎裂的一聲。我瞪大眼睛，眼睜睜看著自己的雪花髮夾往下滑落，摔到地板上，同樣碎作了兩半。

我蹲下身，顫抖地拾起破碎的雪花髮夾。我將髮夾捧在手心裡，感覺到它的冰涼。

——方寅學長就像青春裡驟降的大雪，雖然冷冽，但只要一伸手，就能觸碰到美麗的雪花。

所以，雖然于蘋學姊、曉梅甚至是宋彌恩都認為學長會帶給我傷害、就算喜歡學長的途中會得到傷痛，我也依然貪戀著學長的美好，不願鬆手。

我抹掉自己的眼淚、握緊手中碎裂的髮夾，心意堅決。

＊＊＊

雖然中午時我和曉梅發生的爭執引來不少班上同學的注意，但隨著幾節課過去，大家也不怎麼在意了，很快就因為聖誕節的氣氛而沉浸在歡愉之中。尤其，很快就是社團課了，大家都顯得興致高昂。

我混亂的心緒仍難以平復，但一看見自己還掛在桌子旁邊的禮物袋，我立刻拋開那些煩惱，拿出手機，輸入訊息。

「學長，請問你待會下課會在教室嗎？」我輸入完畢，立刻傳送出去，心裡祈禱著學長這時恰巧在使用手機。

我的祈禱似乎靈驗了，學長很快就回覆我訊息。

「嗯。」簡短的一個字，卻讓我感到安心。

「那我下節課去找你好嗎？我有東西要拿給你。」

「好。那約在高三這裡的穿堂吧。」從高一、高二的教學大樓通往高三所在的教室，中間會有一條長長的穿堂，那裡有位置可坐，是非常適合交談的地點。

我微微一笑，在手機鍵盤上敲下訊息：「沒問題！」我收起手機，開始滿心盼望下一節下課的到來。

我感覺自己的眼睛有點癢，忍不住伸手揉了揉。我每次哭過以後，眼睛總是會又腫又癢，所以我本來很不喜歡哭的……

我不禁又想起中午時和曉梅的事，心中一沉，原先對下一節的期待感似乎也跟著減輕了不少。

撐過枯燥乏味的數學課，終於迎來下課時間。因為下一節就是社團課，四周人群顯得格外興奮。

我一手提著禮物袋、一手則提著放有縫紉用品的袋子，待會把禮物交到方寅學長手中後，我就要馬上趕去社團教室。

我很快地來到穿堂，出乎意料的是穿堂上還沒什麼人，或許是因為大家忙著趕往社團教室、而高三正忙著待在教室自習吧。

我找了一個地方坐下來，眼睛緊盯穿堂的另一端，等待即將出現的身影。

不料，五分鐘過去了，我還是沒見到學長。我看看時間，離上課時間只剩下沒多久，我不禁開始緊張了起來。

最後，我實在太焦躁了，再也等不下去，於是乾脆起身，想到學長班上去找他。如果他就在路上，我們肯定也會在途中碰上。我這麼思忖著，立刻就付諸實行。

我通過穿堂，來到高三教室所在的教學大樓。要前往方寅學長的教室，還必須拐個大彎，我加快了步伐，想要趕快通過。

沒想到，當我轉彎時，卻看見了我要找的人。方寅學長就站在轉角處。

然而，我一點開心的情緒也沒有，反而是感到震驚和驚愕——因為，于蘋學姊也在那裡，她正拽著方寅學長的衣角。

我猜，大概是剛才于蘋學姊突然叫住方寅學長。因為學長的臉上有著一絲困惑。

「妳做什麼？」方寅學長轉過頭，冷冷地問她。我趕緊躲到牆角，深怕被發現。

于蘋學姊緊皺著眉頭，「方寅，我今天中午看見了。」

「看見什麼？」方寅學長的語氣冷冽，甚至帶有一絲不耐，「有話快說，我還有事。」

「我看見你送曉梅禮物。我現在才知道，原來曉梅也是你的目標……難怪曉梅對我總是那麼心虛的樣子！」學姊瞇起眼睛，說道。聽見這句話，我心臟顫了一下。

方寅學長靜默了一陣子，才說：「是又怎麼樣？」

我幾乎閉著氣，心臟跳得很厲害。我從沒看過這麼冷漠的方寅學長。

「你到底夠了沒？都要學測了，為什麼還浪費時間玩這些把戲？」于蘋學姊聲音裡有著怒意，「你現在該不會是要去見詠絮吧？」

聽見于蘋學姊提起我的名字，我渾身一僵。

方寅學長沒答話，像是默認。他一直在扯動自己的袖子，似乎想掙脫于蘋學姊的禁錮。

「我話還沒說完，你想去哪裡？」于蘋學姊緊緊拉住他的衣袖，口氣嚴肅：「你真的是我看過最下三濫的人。我當初就不該幫詠絮轉交卡片給你！」

方寅學長停止掙扎，對她露出一抹微妙的笑容，「噢，是呢，當初還是妳把卡片交到我手上的。換句話說，妳現在根本沒資格對我指指點點的。」

于蘋學姊像是氣極了，笑了出來，「哇，方寅，你的臉皮真是有夠厚。我當初只不過想替你的粉絲轉達祝福，誰知道你這麼誇張，大費周章找到她的班級、直接對她下手？夠了吧你！你知不知道你傷害了多少人？」

「這能怪我嗎？」方寅依舊微笑著，「如果張詠絮對我沒意思，我又怎麼約得到她？如果王曉梅不是喜歡我，我又怎麼動搖得了她？總歸一句，要不是她們給了我機會，我哪能傷得到她們？」

學長那種漫不經心的口吻，一點一滴滲入我的內心，我整顆心立刻變得冰涼，我瞪大了雙眼，渾身都在顫抖……

「我們早就已經分手了，莊于蘋。」方寅學長冷聲說道，「妳少在那邊管閒事，假惺惺的！」

下一秒，他正準備甩開于蘋學姊的手，卻突然停住，露出一抹笑容，「哦？還是……妳一直以來這麼關注我的感情事，是因為忌妒？妳還喜歡我、想跟我復合，是嗎？」

「啪」的一聲，于蘋學姊在方寅學長臉上摑了一個重重的耳光。我被這突如其來的舉動嚇了一大跳，全身一震。

于蘋學姊朝我這裡看了一眼，驚訝地出聲：「……詠絮？」

我僵在原地，愣愣地盯著他們。我知道自己這時候應該逃跑的，我卻動彈不得。

方寅學長的表情沒有絲毫驚愕，就只是滿不在乎地靠在牆邊，而于蘋學姊則是快步朝我走過來。

看見于蘋學姊越來越靠近我，一股莫名的恐懼攫住了我的心頭。我的四肢像被瞬間灌滿了力氣，我立刻轉身，抓緊手中的袋子，全力奔跑。

我絲毫沒有勇氣轉頭去看他們的神情。

剛才方寅學長那一抹冷冽的眼神，仍然烙印在我的腦海中，並在我心上劃下重重的傷痕……

我一邊跑，眼淚一邊不可抑制地往下掉落。

曉梅今天對我說過的、那些我不願相信的話，在這一刻全數在腦海中湧現——

「那我算什麼？妳又算什麼？詠絮，妳難道還不懂嗎？」

「妳不要傻了好不好！學長就算已經跟于蘋學姊分手了又怎麼樣？他對我示好、送我禮物的這段時間裡，他也一樣在跟妳曖昧！難道妳還不懂發生了什麼事嗎？他根本是在拈花惹草、撒魚網等著我們這些魚上鉤！」

而于蘋學姊剛才與方寅學長的那番對峙，此刻也不停在我腦海回放。

「我看見你送曉梅禮物。我現在才知道，原來曉梅也是你的目標……」

「是又怎麼樣？」

「如果張詠絮對我沒意思，我又怎麼約得到她？如果王曉梅不是喜歡我，我又怎麼動搖得了她？總歸一句，要不是她們給了我機會，我哪能傷得到她們？」

他們的聲音和語句，在我腦海中翻攪在一起，一字一句凌亂而尖銳地刺傷我的心口。

原來，我這段時間以來的愛慕、甚至是學長一直以來給予我的溫柔，只不過是學長刻意營造出的假象。

——方寅學長就像青春裡驟降的大雪。我曾以為那美麗的雪花，觸手可及。然而，當我真正觸碰了它，它卻瞬間在我指尖融化消逝，沒有留下絲毫的美好，徒留冷冽寒意在指尖圍繞。

我怎麼會到現在才明白呢？

過去于蘋學姊勸告我時，我所萌生的排斥感、以及曉梅試圖叫我清醒時，我所感到的憤怒不安，此刻全數反彈回來，將我禁錮在更深的痛苦中，無法掙脫。

我既自責，同時又感到深刻的唏噓，像被人一把掐住脖頸，完全無法呼吸，幾近窒息。

我怎麼會這麼蠢呢？

我的眼淚絲毫沒有停止的跡象，就只是不停地往下墜。

我跑到雙腿發疼，癱軟在學校角落，手裡的禮物袋和裝著縫紉用品的袋子，全都亂七八糟地倒了出來，躺在地板上。

上課鐘聲似乎已經響了，此刻整座校園變得格外寂靜，只剩下我自己的嗚咽聲。

我的腦袋像加快速度在奔跑、運作，根本無暇去想自己身處何方，眼前因為淚意而一片模糊，我什麼也看不清。

我雙手抱膝、窩在自己的腿間，開始放聲大哭——

有多久不曾這樣哭過了呢？好像從懂事以來，我就很少哭了。

可是此時，我卻哭得像個要不到糖吃的孩子，因為可惜、因為遺憾、因為無奈、因為不甘心……因為這樣幼稚而沉重的情緒而感到心痛和悲憤，亟需哭泣來發洩心中的悲傷。

驀地，「詠絮學姊！」清脆嘹亮的嗓音傳入我的耳畔。

我愣愣地抬起頭，望向聲音的來源。有一滴淚珠正湧在我的眼角，使我眼前一片氤氳模糊，我輕輕地眨了一下眼睫，淚珠立刻滾落，而我也終於看清了眼前的人。

宋彌恩扶著自己的膝蓋，大口地喘著氣，目光卻灼灼地望著我。我緊緊抿住下唇，試圖忍住自己的抽噎聲。

「學姊，」宋彌恩的氣息依舊紊亂，「我找妳找了好久……」他的語氣沒有絲毫怨懟，反而是一種鬆了口氣的釋然。他平復自己的呼吸，朝我慢慢走過來，我下意識抱緊了膝蓋，偏頭不去看他。

他蹲在我身邊，輕聲說道：「沒事的，學姊。」他的聲音很溫柔，「沒事了……」

他的嗓音像是棉花，蓬鬆柔軟地覆在我的心口。我依舊噙著眼淚，沒有吭聲，但慢慢地轉過頭，看向他。

宋彌恩的眼神很溫柔，沒有絲毫好奇或疑惑，就只是一片純淨柔和。我望著他，感覺心情彷彿也慢慢變得平和……

「發生什麼事了？」他輕聲問道。

我沉默著，沒有回答。

他對我微微一笑，靜靜地等待我的回應。他的眼神透露著無限的耐心和陪伴，彷彿願意等我一輩子。

看見他這樣的目光，我心中一處被熨熱了。我深吸了一口氣，鬆開抿住的唇，聲音依舊顫抖不已，伴隨哭泣後的抽噎：「我該相信你的……」我的眼淚又一次地落下，「我該相信你的……對不起。」

有好幾次我都想向宋彌恩道歉，卻總是莫名地說不出口。然而，就在這個瞬間，我卻發自內心地說出這句話——這句對不起，不只是對宋彌恩說的，同時也是對我自己。

若是我當初早一點相信宋彌恩說的話，我現在也不用這麼難過了，不是嗎？我欠宋彌恩一句道歉，也欠自己一句道歉。

宋彌恩聽見我說的話，明顯愣了一下，卻沒有急著回應。他朝著我露出一抹溫柔的笑容，接著開口：「……沒事的，學姊。」

我垂下眼瞼，眼淚仍然尚未停歇。

忽然，我感覺頭頂傳來一股溫熱。我愣然地抬起眼，就看見宋彌恩輕輕地撫摸我的頭髮，一下接著一下，伴隨美妙的節奏。

透過他掌心的碰觸，我彷彿在每一次的停頓裡，窺見他無限的繾綣溫柔……

驀然，他不再撫摸我的頭髮，而是將我輕輕地擁入懷中。我嗅到他身上那股令人安心的氣味，從鼻腔一路蔓延至心底，將我的心溫暖包圍。

我靠在他的肩膀上，感覺自己身處在一個柔軟的、溫熱的、安全的地方。宋彌恩的臂彎，就如同針線，在這一刻將我破碎的心、以及滿溢出來的悲傷，全部密密地縫好。我的心，不再有任何一絲縫隙，而那些無數安放的悲痛，就像打結後多餘的線頭——「喀擦」一聲，被俐落地剪除了。

我小心翼翼地伸出雙手，回擁著宋彌恩。而宋彌恩正輕拍著我的背脊，像在安慰一個脆弱的孩子。

「沒事的。」他重複著這句話，「學姊，別哭了。他不是值得讓妳哭的人。」

這一刻，待在宋彌恩的懷抱裡、聽見他這麼對我說……我感覺到了前所未有的安心。我停止了眼淚，眨著眼睛，感受著宋彌恩身上的溫度。

他擁著我很久，才慢慢地鬆開懷抱。他看見我不再哭泣，露出了一抹燦爛的笑容，「學姊，」他喚道，「笑一個給我看好不好？」

我愣了一下，遲疑了半晌，才艱難地擠出一個笑容。

宋彌恩依然笑著，他點點頭，「這樣就對了嘛。學姊還是笑起來最好看了！」

聽見這句話，我不禁噗哧一笑。忽然就想起宋彌恩之前也曾對我說過同樣的話。那時候，他就告訴過我，即使會在學長身上得到傷害，也不要忘記開心地笑著。

當時的我，根本還不曉得自己會受到什麼傷。現在明白了、也切身體會過了之後，再回想宋彌恩當時所說的話，心中不禁有一股溫暖流淌而過。

下課鐘聲傳來，宋彌恩看向廣播器，驚愕地說：「糟了！我剛才跟指導老師說我要出來找妳……沒想到現在都下課了，大家一定很擔心我們……」他說完後，看向我，然後放柔了聲音：「學姊，我們先回去了，好不好？」

我腫著眼睛，輕輕點頭，應了他一聲：「嗯。」

我和宋彌恩先到指導老師的辦公室，向老師道歉。宋彌恩說是我突然身體不舒服，才會沒去上社團課。指導老師聽了以後並沒有刁難我們，甚至也沒有記我們曠課，只是提醒我們下次如果發生什麼事，一定要提前向她知會一聲。

當我們從學校走出來的時候，太陽已經快要下山了。整座街道像被染上淡淡的藍紫色，帶有一絲惆悵的氛圍。

但是今天是聖誕節，路人的臉上都帶著笑容，彼此歡聲笑語，看來是準備要去餐廳享用聖誕節大餐、或是參加什麼好友聚會。

我和宋彌恩肩併著肩，彼此都沒說一句話，在紅磚道上慢慢地走著。雖然我的心情已經沒那麼低落了，但一旦安靜下來，我又會忍不住想起今天發生的一切。我實在無法像其他人一樣，以愉快的心情面對這個夜晚。

就在接近我和宋彌恩該分別的斑馬線前，他忽然開口了：「學姊……」

我偏頭過去看他，「嗯？」

「妳能不能……陪我去個地方？」他雙手插在外套口袋裡、低著頭，聲音很小很小，像是隨風飄向我這裡。

我愣愣地望著他，本來想問他要去哪裡，想了一下後，還是直接回應：「嗯，可以。」

宋彌恩輕輕抬起頭，對我露出了一個明朗的笑容，彷彿能照耀整個黑夜。

最終章　吐絮期

我在他的帶領下，繞到了學校附近一家蛋糕店。我納悶地望著他，不曉得他帶我來這裡做什麼。

宋彌恩只是對我笑了笑，然後把目光擺向玻璃後頭的蛋糕。我也跟著他開始看那些蛋糕——裡面擺的大多是切成片的小蛋糕，有各種口味，光是看著就令人垂涎三尺。尤其是蛋糕上的巧克力奶油，在燈光下映出美麗飽滿的色澤，我心中頓時漾開一股幸福的感覺。

「學姊，妳想吃哪一種蛋糕？」宋彌恩半蹲在玻璃窗前，問道。

聽見這句話，我吃了一驚，抬起頭來看他，「什麼？」

「我剛剛問，妳想吃哪一種？」他複述了一次。

「你……你難道要買給我吃？」我驚愕地問。

宋彌恩露出笑容，搖搖頭，「是我們一起吃。」他指向櫥窗裡的五吋蛋糕，「我們一人一半吧。」他笑著說。

我驚訝地看著他，眨了眨眼。

「我想吃蛋糕，可是不知道要買哪種口味。學姊妳決定吧？」他解釋道。

我雖然不明所以，但還是如實回答：「哦……那我想要吃這個。」我指向那個最吸引我目光的巧克力蛋糕。

宋彌恩微笑，立刻走到櫃檯前，向店員買下了這塊蛋糕。令我感到困惑的是，他還向店員要了一根蠟燭。

買好蛋糕後，我們坐在公園的長椅上。他將蛋糕的包裝打開，然後插上蠟燭。
我困惑地望著他，「宋彌恩……你要做什麼？」
宋彌恩抬頭看了我一眼，笑著回答：「其實呢，今天是我的生日喔！」他語調輕鬆，「我們家沒有過生日的習慣，所以每年我都會自己買蛋糕給自己吃！」
我忍不住驚呼：「今天是你的生日？你怎麼都沒跟我說？」
「沒什麼好說的啦。」宋彌恩露出有點難為情的笑容，「不就是生日而已嗎？我買蛋糕也不是為了要慶生什麼的……就只是想在這一天吃蛋糕而已。」
我露出笑容，看向蛋糕上的蠟燭，突然想到了什麼，皺起眉頭問他：「可是，你有打火機嗎？」
宋彌恩搖搖頭。我頓時有點著急了，「啊？沒有打火機，那就不能點蠟燭了耶……」
宋彌恩笑了幾聲，「沒關係，我插上蠟燭也不是想要許願……就只是覺得插上去很好看而已。」說完，他搔了搔頭，似乎有點不好意思。
聽見他的回答，我忍不住大笑出聲，「那我要替你唱生日快樂歌嗎？」
宋彌恩看向我，眼睛閃亮亮的，「可、可以嗎？」
我點點頭，「不過，先說好，我的歌聲真的很恐怖喔。」我吐了吐舌頭，「想當初我還去參加熱音社的主唱考試，結果嚇死學長姊了……」說到這裡，我忍不住自嘲一笑。
宋彌恩笑嘻嘻地看著我，「沒關係，學姊現在就已經很完美了。歌聲不好聽也無所謂。」他說得順口，我聽了卻莫名臉熱，為了擺脫這莫名的害臊，我趕緊清嗓，開始唱歌。

「祝你生日快樂，祝你生日快樂，祝你生日快樂——祝你生日快樂！」唱完後，我忍不住偷覷了一眼宋彌恩的表情。

他依舊笑得很燦爛，這令我鬆了口氣。

我本來想問宋彌恩要不要許願，這才後知後覺地想起我們沒有打火機，不能吹蠟燭，我不禁感到遲疑。

就在我胡思亂想的時候，宋彌恩忽然把自己的書包打開來，從裡頭拿出一條白色的圍巾。

「學姊，」他吶吶地喊我，然後把那條圍巾遞向我，「聖誕節快樂，這是給妳的禮物。」

我驚訝地看著他，忍不住張大嘴巴。

「明明是你生日……」我喃喃道，心裡一陣慌張，因為我根本沒有準備禮物給宋彌恩。

宋彌恩搖搖頭，燦爛地微笑著，彷彿在對我說他根本不介意。

我猶豫了好一陣子，才從他手中接過圍巾。圍巾的觸感既厚實又溫暖，我忍不住將它放在臉頰邊，輕輕蹭了幾下。

忽然，我想起了什麼，抬頭看向宋彌恩，問道：「這圍巾……該不會是你做的吧？」

宋彌恩依舊揚著微笑，輕輕應了一聲：「嗯，是我織的。」

聽見這圍巾是他親手織的，不知怎麼地我的腦海裡就浮現宋彌恩每天晚上躺在床上認真打毛線的模樣。我心中既是心疼、又是溫暖，不禁更懊惱自己沒有準備禮物送他。

「對不起，我沒準備禮物給你……」我皺著眉頭，說道。

「沒關係。」宋彌恩笑著搖搖頭。

即使如此，我還是感到很後悔——突然間，我目光瞥見自己本來要送給方寅學長的禮物。我握緊了手心，心中五味雜陳。

我為了一個不值得的人，準備了那麼久的禮物……卻忽略了一直以來陪在我身邊的宋彌恩，不只沒有準備給他的聖誕節禮物，甚至連今天是他的生日也不曉得。

我很懶得跟別人打交際，不會去記住別人的生日、遇到特別的節慶也很少送禮物給別人，頂多寫寫卡片。因此，即使我跟大家都相處得很融洽，但交心的朋友卻沒有幾個。

對我來說，宋彌恩已經不知不覺成為我現階段最要好、也最能信任的朋友，而我卻理所當然地接受他對我的好，不曾為他付出些什麼。

這一刻，我更加埋怨當初那個只看得見方寅學長、忽略其他人的自己。

「學姊，妳怎麼了嗎？」

我望著宋彌恩，「謝謝你一直以來都對我這麼好……」今天的我情緒很不穩定，才說這麼一句話就有點想哭了，「我連你的生日也不知道，還收了你的禮物……老實說，我很過意不去。」

平常的我，是不會說這種話的。畢竟說了又能如何？只是讓彼此都尷尬而已，說不定對方還會以為是我在嫌棄他的禮物。但不曉得為什麼，這一刻我就想要向宋彌恩分享我心中最真實的感受……

「學姊，妳千萬不要這樣說啊！我送妳禮物是想看到妳開心的樣子，不是要妳過意不去……」

宋彌恩皺著眉頭，慌張地解釋。

接著，他也露出苦惱的表情，過了半晌，他才像想到什麼似地拍手大叫：「啊！我知道了！」

我疑惑地望著他，「什麼？」

「不如這樣吧，」宋彌恩笑嘻嘻地說，「學姊答應我一個願望。這就算是聖誕節禮物啦！順便連生日的願望也都實現了。」

我驚訝地看著他，「願望？」我仔細想了想，這樣似乎也不錯，於是我點點頭，一口答應：「好呀，那你跟我說吧。你的願望是什麼？」我微微一笑，「啊，可別說些我做不到的喔！」

「當然，」宋彌恩笑道，「那我要說囉！」他深吸了一口氣，然後終於開口——

「學姊，我以後……可不可以不要再叫妳學姊了？」宋彌恩紅著臉，問道。

這一瞬間，四周的空氣像是霎時凝結。我聽不見路上行人的吵雜、也聽不見車水馬龍的喧囂，就只剩下他那清脆嘹亮的聲音，摻雜一點靦腆和膽怯。

我望著宋彌恩，腦袋忽然一片空白，什麼也無法思考。

「學姊……」他試探性地叫著我，「可不可以？」

明明是如此簡單的願望，但聽見宋彌恩如此小心翼翼地說出口，不知怎麼地，我就覺得氣氛忽然變得有些曖昧，令我心頭漾開一股異樣的感受……

「……嗯，可以呀。」我擠出一抹笑，回應他。

宋彌恩咧開嘴，笑得很燦爛，「太好了！謝謝學姊——啊，不對。」他話說到一半，突然剎車，接著垂下眼瞼，小聲地說：「謝謝妳，詠絮。」

他的聲音很輕很柔。當我聽見自己的名字從他口中說出來，就彷彿是一朵棉花沾了水，越來越沉、越來越沉——最後，沉入我心底的最深處。

這一刻，我也感到莫名的害臊。我抱著宋彌恩送給我的圍巾，緊緊抿著唇，耳邊似乎能聽見自己猛烈的心跳聲。

怎麼只是換個稱呼而已，就令我的心跳如此怦然呢？

以前聽宋彌恩喊我學姊，就像一個小弟弟在向姊姊撒嬌，雖然覺得他可愛乖順，卻不會多作他想；現在，聽宋彌恩喊我的名字，我隱約就感覺到了一股朦朧曖昧的氛圍在蔓延……

驀然間，我抬起頭，驚愕地望著宋彌恩的側臉。

他那雙冰肌玉骨似的手，正拿著塑膠刀，緩慢而漂亮地切下蛋糕。伴隨著動作，他漾起了一抹淺笑，雙眼彷彿閃著晶亮的光芒。

「啊……妳男朋友該不會是之前陪妳放學的那個學弟吧？」

「我之前看到的時候，就覺得你們兩個一定是感情很好的朋友。至少是友達以上的那種。」

曉梅今天上午對我說過的話，忽然竄出腦海。我看著宋彌恩好看的側臉，腦海正被這些話語佔據著。

是啊，我怎麼會覺得宋彌恩是弟弟呢？這一刻，我不禁有點懊惱。

他和我的年紀這麼接近，他應該也有喜歡的女孩子吧……他為什麼願意每天和我這個無聊的學姊混在一起呢？

宋彌恩切好蛋糕，抬起頭來看我，迎面撞上我的目光。他訝異地看著我，「……詠絮？妳怎麼了？」

我心一跳，趕緊撇開頭，搖搖頭，「啊，沒什麼。」

宋彌恩笑了一聲，把裝有一半蛋糕的塑膠盤遞給我，「快吃吧。」

我把圍巾擱在腿上，接過宋彌恩手中的蛋糕。他把巧克力奶油最多的那一半給了我。

宋彌恩已經開始吃了，巧克力奶油沾上了他的嘴角。

我不禁噗哧一笑，卻也沒急著告訴他，只是拿起自己的叉子，也跟著開始吃蛋糕。

宋彌恩一邊吃，一邊抬頭起來，笑嘻嘻地看著我。

我也同樣望著他，剛才興起的疑問仍然在心頭盤旋。我輕輕皺起眉頭，有些猶豫。

「妳怎麼了？」宋彌恩似乎察覺我的異狀，斂去笑容，慌張地問我。

我遲疑了一陣子，最後決定問出口：「宋彌恩，我……我是個很無聊的人，而且很笨。」

我頓了頓，又說：「我一直不懂，你應該有很多朋友的，或許也已經有了心儀的女孩子……你為什麼從開學以來，就一直執意走在我身邊呢？你不覺得跟我相處很無趣嗎？為了我，你拒絕跟朋友去打籃球、每天放學也不能跟女孩子去約會——這樣不會覺得……很不值得嗎？」

我胡亂說了一大段，說到最後我也不曉得自己在說些什麼。唯一的感覺是，我越說越感到慌張和恐懼。我好害怕，宋彌恩聽了這些話以後，會真的離我遠去……我的意思不是這樣的。真的不是這樣的。

宋彌恩靜靜地望著我，接著慢慢揚起一抹微笑。

「我一點也不會覺得不值得呀。」宋彌恩笑盈盈地說，「是妳把自己想得太差，所以才覺得我跟妳相處是在浪費時間。對我來說，和妳在一起的時候，才是最珍貴的時光。我可以捨棄其他東西，但絕對不能捨棄這些時光。」

我啞然失聲，愣然地望著宋彌恩。

是不是因為宋彌恩的嘴角正沾著一點巧克力奶油，所以他說出來的話才會帶著甜膩的滋味呢？

「你……你為什麼要對我這麼好？」有點笨拙，卻是我真心的疑問。

第一次和宋彌恩見面時，我把水灑到桌上，慌張地擦著桌子，見到他也沒有主動招呼，就只是呆呆地看著他，等他向我搭話。

後來，他看見了我最虛弱蒼白的模樣，還得知了我是一個為了討好喜歡的人，不顧自己身體的蠢女孩。

再後來，我為了維護一個不值得的人，一次次地辜負他的好意、讓他傷心難過。

照理來說，宋彌恩應該要討厭我的。我是一個如此盲目而愚蠢的女孩，連我都忍不住埋怨這樣一無是處的自己。

宋彌恩眨了眨眼睛，似乎還在理解我的疑問。

於是，我又問了一次：「你為什麼要對我這麼好？」

今天的情緒波動實在太劇烈。我從對學長最顛峰的喜歡，一霎摔落谷底，現在回過頭審視自己的愚蠢和盲目，又想到宋彌恩一直以來對我的付出……此刻我的眼眶已然一片濕潤，我只好努力忍住眼淚。

「……妳真的想知道嗎？」宋彌恩皺起眉頭，似乎很擔憂的樣子。

我含著眼淚，用力點點頭，「我想知道……我想知道你到底為什麼要對我這麼好。」

也許，我是想透過宋彌恩的答案，重新定義我自己。今天方寅學長帶給我的衝擊實在太大，讓我不禁懷疑自己到底多麼一無是處，竟然就這樣被玩弄在他人的手心裡。此刻的我，自卑得無地自容。

宋彌恩鬆開緊擰的眉頭，對我微微一笑。

「學姊，」他重新喊我學姊，像要宣告些什麼似地：「如果我說了，妳能不能不要討厭我……我們還是像現在這樣開心相處，好不好？」

我不明所以，但還是點點頭，答應了他：「好，不管你說什麼，我都不會討厭你。」

宋彌恩深吸了一口氣，然後說：「我會對妳這麼好是因為……我喜歡妳。」

我睜大眼睛，盯著宋彌恩，「……什麼？」

「我說，我喜歡妳，詠絜。」宋彌恩說完，對我露出一抹靦腆的笑。就如同我們初見時那樣。

還沒等我反應過來，就看見宋彌恩搶先摀住自己的臉。

他的動作太大，本來擱在他腿上的盤子霎時滑落，他的褲子立刻沾上了奶油。

我一時情急，想去抓住他的盤子，結果反而連自己的盤子都跟著掉了。宋彌恩反應過來後，也伸手過來想幫忙，卻只是越幫越忙。

一時之間，我們倆一片手忙腳亂，兩個人都慌張地想要接住對方的盤子。這場意外來得措手不及，我們七上八下地喊叫著。

最後，我們眼睜睜地看著我那只吃了幾口的蛋糕，俐落地砸到地板上，化為一灘爛泥——這場混亂，至此才終於宣告結束。

我舉著手，盯著地板上的蛋糕。宋彌恩也跟我維持同樣的姿勢，一臉錯愕。我們互看了一眼，彼此衣服和褲子上都沾到了不少奶油。

此刻，我也顧不得他剛才對我說過什麼，忍不住就直接大笑了出來。宋彌恩本來錯愕的表情，在看見我笑出聲後，也跟著褪去，取而代之的是一抹淺淺的笑容。

我從書包裡拿出面紙，遞給宋彌恩幾張。而我自己也抽了幾張，收拾身上一片狼藉。

宋彌恩似乎終於意識到自己剛才向我說了什麼，有點尷尬，埋頭一直用力擦拭自己的褲管，很久都沒有再向我搭話，也不敢和我對上視線。

「嘴角也擦一下吧……」我出聲提醒。

他仍舊沒看我，只是用面紙胡亂地擦了擦嘴角。雖然動作有點粗魯，但總算是把他自己嘴角的巧克力奶油給擦掉了。他繼續低頭擦著褲管，整張臉紅通通的。

我盯著他的側臉，不知不覺又看到了他燒紅的耳根子，再想起宋彌恩剛才對我說的那句話，心中有一股異樣的感受。雖然尷尬，卻好像沒有驚愕的感覺。彷彿跟宋彌恩相處時，遇到什麼事都是順其自然、沒有任何包袱的。

「我喜歡妳，詠絜。」

原來是因為喜歡我，所以他才對我這麼好嗎……可是他對我，一直以來都很好。那他是難道是從一開始就喜歡我嗎？

比起被告白的震驚，我現在感覺到的，似乎是一種更無窮的茫然和好奇。

「學姊……」宋彌恩小小聲地喚我。或許是因為膽怯，他又叫回了學姊。

我趕緊挪開目光，一邊擦拭自己身上的奶油，一邊應聲：「嗯，什麼？」

「剛剛，妳有聽清楚我說什麼吧？」他試探性地問。

我抿住唇，感覺到他的目光正在我身上。我抓緊了手中的面紙，點點頭，「嗯……聽見了。」

我們之間陷入了一陣沉默。我被這樣的沉默弄得有些心慌，輕輕抬眼，卻撞進宋彌恩那雙純淨的眼眸。

「那妳不會討厭我吧？」宋彌恩的聲音有點啞了，像是猶豫許久才問出口。

我微微一詫，看著他慢慢皺起眉頭，好像真的很憂心。

我不禁失笑，搖搖頭，「你到底在想什麼啊？我怎麼可能會討厭你。」

「那就好。」他鬆了口氣，拍拍自己的胸脯，「學姊……那我以後還可以叫妳詠絜嗎？」

我被這個問題噎了一下，才緩緩回答：「不是答應你了嗎？」

宋彌恩露出一個愉快的笑容，「那……我們以後還是可以一起放學嗎？」

我無奈地笑了，「嗯，當然啊。」

他得到了滿意的答案，笑得更燦爛了，他又想了想，問道：「那，我們還是朋友，對吧？」

我笑著回答：「當然是。」

「那、那、最後一個問題！」他一邊說，一邊舉著食指，就像個天真的孩子一樣，「我們以後……不會尷尬，對吧？」宋彌恩問完，慢慢垂下頭。

我一詫，遲疑了一陣子，才回答道：「嗯，不會。」我說。像是承諾一般。

「學姊，我不是為了想跟妳在一起才告白的……」宋彌恩眨了眨眼，「只是因為妳問我，我就只好如實回答。」他頓了頓，又繼續說道：「所以，拜託不要討厭我、不要覺得尷尬、不要覺得為難。」他的視線胡亂飄移著。

「宋彌恩……」我詫異地出聲。

「我知道學姊不喜歡我，只把我當弟弟，所以我不會要學姊考慮或什麼的……那太刁難人了嘛。」說到這裡，宋彌恩突然笑了幾聲。

我望著他，根本笑不出來。看見他這樣失落沮喪的模樣，我內心深處彷彿有一處正在隱隱作疼，像是有什麼情感隨時都要湧出來似的。

為什麼？我不明白。宋彌恩這麼好的人，怎麼可以對我忍讓到如此地步呢……

「宋彌恩，你為什麼會喜歡我？」我皺著眉頭，問道，「我根本沒什麼優點。」

「不，不，」宋彌恩慌張地說，「對我來說，學姊——啊，我又忘了，是詠絜。對我來說，詠絜很完美啊。」

「哪裡？」我驚訝地說，「我笨手笨腳的，而且還一再辜負你的好意，對學長死心塌地，連自己的健康都不顧了——在你眼裡，我難道不像個白痴嗎？這種人有什麼好喜歡的？」

我也不知道自己想從宋彌恩那裡討到什麼答案，在這一刻，我只是替宋彌恩覺得不值。他不該喜歡我的，我根本沒有任何優點。

宋彌恩露出溫柔的微笑，搖搖頭，「詠絜，世界上本來就沒有人是完美的呀。」

我心中一震。驀然間就想起了很久很久以前，于蘋學姊對我說過的那些話——

「嗯……學妹啊，方寅唱歌很好聽、長得帥氣是沒錯，不過如果真的喜歡他，妳應該試著多去了解他。現在妳把他想得太完美了。」

「方寅真的沒妳想得那麼好。可能妳會覺得我自以為是，但我必須要說，太過完美的想像，就像一層薄冰，看似漂亮美好，卻隨時會崩塌瓦解。那不是喜歡，只是一種妄想。」

宋彌恩依舊溫柔地望著我，他柔聲說道：「詠絜，我說妳完美，指的當然不是妳毫無缺點。」他再度揚起笑容，「但是，我連妳的缺點都很喜歡，所以對我來說妳是完美無缺的！」

在今天以前的我，將方寅學長想成一個完美無缺的聖人，將他視作我的信仰，神聖且不可侵犯。所以，在親眼目睹他不完美的那一面後，我才會那麼傷心。

因為，破碎的不只是我付出的感情而已，還是我對學長的那一層完美幻象。

就像于蘋學姊說的，也許我對方寅學長的感情，從來不是純粹的喜歡，而是一種妄想……

或許，我真正喜歡上的人，只是我幻想出來的方寅學長。不是真正的他。

＊＊＊

回到家時，已經晚上七點多了。我在父母的催促之下，馬上洗手吃飯。吃完晚餐後，我回到自己的房間，正準備拿浴巾去洗澡。

就在這時，我想起了宋彌恩送我的圍巾。我走到床沿，拿起那件圍巾，捧在手裡，依然能感覺到它溫柔細膩的觸感。

宋彌恩織給我的圍巾是純白色的，在燈光下映照出晶亮的光芒。我就這樣將它拿在手中，靜靜地凝望著。

忽然間，我看見上頭有一抹黑。我微微一愣，將圍巾湊近了眼前，想看得更清楚。

我很快就意識到，那一抹黑是巧克力奶油。想必是在剛才那場混亂裡不小心沾上的。

我嘆了口氣，忍不住喃喃自語：「本來還以為明天就可以戴上它……」

我將浴巾和圍巾抱在懷裡，走到浴室前，將已經髒掉的圍巾丟到洗衣籃裡。

——希望明天是個大晴天，讓圍巾乾得快一些。

夜深人靜，我躺在床上，忍不住就陷入了沉思。

今天發生了好多好多事，先是發現了曉梅的祕密、再來是撞見了方寅學長和于蘋學姊之間的對峙，最後則是宋彌恩那突如其來的告白。

一切來得措手不及，但我的心情卻似乎格外平靜。

在看清學長的真面目以後，雖然我也感到強烈的悲傷，但現在卻能以淡然的態度回想這一切。這是為什麼呢？

我不禁又想起今晚和宋彌恩之間最後的那一段對話。答案其實已經很明顯了……畢竟，再怎麼說，心情是騙不了人的吧？

想到這裡，我從床上爬坐起來，打開了電燈，翻找著自己的書包。

「找到了。」我從書包裡掏出學長送我的那個雪花髮夾。雖然它已經碎了，但仍被我用橡皮筋綁在一起。

此刻，我將這些碎片握在手裡，心情仍然是平靜的。

於是，我明白了。我明白了學姊一直以來想勸告我的是什麼。于蘋學姊想說的，其實不只是要我遠離方寅學長而已，也是想讓我認清自己真正的心意、想讓我明白，太過完美的想像只會讓自己受傷。

我喜歡上的，不過只是我替方寅學長幻想出來的完美模樣：雖冷酷但也溫柔、會唱歌、會讀書、會彈奏樂器……而且，只對我一個人付出感情。然而真正的方寅學長，卻只是個喜歡周旋在女孩之間、喜歡看女生為他癡迷的濫情之人。

——如今，隨著我目睹了方寅學長的真面目，那個只活在我幻想中的完美男孩，也就這麼死了。

我不再感到悲傷，也不感到遺憾，因為這個人根本始終就不存在。

我沒來由地揚起一抹笑，既是自嘲也是解脫——我鬆開手，盯著躺在手心裡的雪花髮夾。

我想起和學長的第一次約會。那時，我讀了一本詩集，是任明信的《光天化日》。不曉得為什麼，其中有一首詩，迄今仍清楚地烙在我的腦海裡：

你給我蘋果
要我收好
說從今以後
這就是心

我沒有想過你
為什麼說謊
只是乖乖
把蘋果收好

當時的我，不理解這首詩的含意。但現在，我終於澈底理解了——我露出微笑，將手裡的雪花碎片，輕輕一擲，俐落地丟進垃圾桶裡。

碎片彼此撞擊的清脆聲音，在寂靜的深夜裡格外突兀。彷彿也宣告著，我這段戀情的終結。沒有絲毫猶豫，既乾脆又俐落。

這是一段失敗的愛情、一段可笑的暗戀——終於從這樣的折磨裡解脫，我感覺到了一股前所未有的自由。

我躺回床上，卻不急著關上燈。盯著刺眼的日光燈，我已然睡意全無。

「詠絮，我說妳完美，指的當然不是妳毫無缺點。」

「但是，我連妳的缺點都很喜歡，所以對我來說妳是完美無缺的！」

宋彌恩的嗓音浮現腦海。而我感覺自己的心跳變得急促。

我在宋彌恩面前，從來沒有掩飾自己最真實的模樣。我的懦弱、笨拙和無知，全都被他看在眼裡。然而，他卻說他喜歡這樣的我，連帶著這些令人厭惡的缺點……這應該是真正的喜歡吧？

我在這之前從來沒被告白過，不曉得被告白該是什麼滋味。別人被告白的時候，也會像我此刻這樣，感到一股甜蜜的、甚至有些難為情的情愫嗎？

我將棉被高高地拉過頭，緊咬著嘴唇，感覺到一種恨不得鑽進地底的羞窘。

＊＊＊

隔天一大早，我替媽媽跑腿，幫她出門買了點東西。回家的路上，剛好經過圖書館，我忍不住停下來多看了幾眼。

畢竟是週末，雖然還不到開館的時間，自習室外卻已經排了一大群人，大家都揹著很大的書包，想必裡頭一定裝了很多書。光是想想就令人頭疼。

我邁開步伐正要離去，卻恰巧看見人潮裡的于蘋學姊。我盯著她的側臉，看了一陣子，她若有所感，也往我這裡看了一眼。

當我和她四目相交的剎那，我渾身一僵，差點又要像昨天那樣逃跑。沒想到，于蘋學姊搶先叫住了我：「詠絮！詠絮，妳等等！」

我聽了這句話，立刻停在原地，不敢再動彈。雖然我沒什麼該害怕的理由，但沒想到這麼快會見到于蘋學姊，我有點手足無措。

于蘋學姊脫離了排隊的人潮，抱著書朝我跑來。我朝她擠出一抹笑。

「詠絮。」她緊緊皺起眉頭，打量著我的臉色，「妳還好吧？」

我微微一笑，「嗯，我很好。」

「……對不起。」于蘋學姊突然向我道歉。我詫異地看著她，「學姊，妳為什麼要跟我道歉？」

「我不知道那時候妳在那裡。」她指的大概是昨天下午的事，「真的很抱歉。讓妳聽到那些話了——妳受到的打擊應該很大吧？」

我露出苦笑，搖搖頭，「學姊，妳千萬不要自責。反正，我總有一天會看清他的真面目的。」

學姊皺起眉頭，眼神流露出心疼，「妳果然都聽到了呀。」

「學姊，沒關係的……」我安慰道，「回去後我想了很多，我覺得妳之前說的沒錯，我其實根本沒有那麼喜歡方寅學長，我喜歡的只是我想像出來的他而已。」

我揚起微笑，「意識到這一點後，我好像也沒有想像中那麼難過了，反而覺得心情很平靜，根本沒受到什麼衝擊。」

「真的嗎？」學姊訝異地望著我，接著露出了釋然的表情，「太好了……妳能認清自己的心意，這就夠了。別再浪費時間在他那種人身上了。」

「學姊，我想問妳……」我小心翼翼地說道，「妳當初會和方寅學長分手，難道也是這個原因嗎？」

于蘋學姊先是一詫，然後露出苦笑。「是啊……我一開始也像妳一樣，把方寅想得很好，才華洋溢、長相也很出眾，而且對我很好。沒想到，真正交往以後，我才發現他到處留情，一旦發現對方對自己有好感，他就立刻展開攻勢。我們因此常常吵架。」

她嘆了口氣，似乎真的很無奈，「因為那時候還喜歡他，所以我就妄想著，也許我會是改變他的那一個人——但畢竟現實生活不是小說或戲劇，而我也不是那個幸運的女孩，他只是變本加厲，根本沒有任何改進，甚至覺得我大驚小怪、脾氣差。」于蘋學姊自嘲一笑，「認清這一點後，我就狠下心跟他提分手了。他聽到我說要分手，也根本不痛不癢，依舊是那種滿不在乎的態度。」

我驚訝地望著學姊，「原來是這樣……」想必學姊當時一定受了很多的傷。所以，她之後才會這麼希望我認清學長的為人，不要像她一樣被方寅學長傷害了。

「大概就是這樣吧。」學姊聳聳肩，似乎不願再提。

然後，她望著我，突然開口：「說起來，我還是得向妳道歉。」

「……學姊？」我詫異地出聲。

「我們高三最後一次表演那天，我在後臺見到妳，看見妳手裡捧著卡片、眼神既失落又無奈，又想到妳每一次表演都會到場支持……我實在很想幫妳完成心願，所以也沒想太多，就替妳轉交了卡片。我本來以為，妳只是留下名字而已，方寅應該不至於大費周章去找妳，何況我很久都沒再聽聞他對女孩子出手的消息了，我還以為他已經決定要拚考試、心性有所改變。沒想到……他終歸還是本性難移。」于蘋學姊將事情的始末娓娓道來，語氣既無奈又愧疚。

光從她的語氣和眼神，我就感覺得出來，她是真的對我感到抱歉——我本來就不怪她，現在聽到這種話，不禁感到更慌張了。

「學姊，妳別這樣說！我真的沒怪妳！要怪的話，還是得怪方寅學長啊！」我急忙說道。

于蘋學姊望著我，良久才露出遲疑的神情，問道：「妳真的不怪我？」

我用力點點頭，「我從來沒責怪過妳，真的。」

「太好了，詠絮。」學姊對我露出一抹淺笑。

「好了，學姊，圖書館快開了！」我笑著說道，「妳快去排隊吧。」

「嗯。謝謝妳。」學姊笑著對我說，一邊轉身，準備走入排隊人潮。

我舉起手，向她揮了揮，「我走啦，學姊！祝妳讀書順利、考試加油！」

學姊沒有回答，只是朝我露出一抹燦爛的笑容。

我想，這大概是我目前為止看過學姊臉上，最美的笑容。

＊＊＊

大概從星期六下午左右，就開始持續下著大雨，再加上天氣轉冷，整座城市籠罩在濕冷的天氣中。

星期一早上，準備要出門前，我站在自家陽臺，喪氣地看著掛在衣架上的圍巾。即使已經多次確認，我仍不死心，反覆摸了好幾次，但濕冷的觸感只是告訴我：這圍巾還沒乾。

我站在陽臺上吹冷風吹了好一陣子，即使我再怎麼不甘願，圍巾的確是還沒乾，我只好放棄。

我趕緊攏緊制服外套，回到屋內取暖，這才發現我已經快遲到了！我抓起書包、雨傘，又慌忙地圍上我自己的紅色圍巾，和爸媽說了一聲再見後就立刻衝出門。

時間已經不早了，公車上有很多跟我同校的學生，空間變得很擠。我緊緊拉著公車的扶手，身體隨著公車的行駛搖搖晃晃，而我的腦袋也搖搖晃晃，不知不覺陷入了混亂的思緒之中。

我望著窗外飛掠的風景，腦海想起宋彌恩送給我的圍巾，又想起聖誕節那天晚上他對我說的話。

其實，我並不是完全沒有被他的那些話困擾，畢竟這可是我人生第一次被告白。但我卻一直有意無意地在壓抑這樣的煩惱、試圖不去多想。

而此刻，在搖晃的公車上，我容許自己短暫思考這件事，因為我知道這樣的時光很快就會結束，不像每個入眠前的黑夜那麼漫長，總會讓思緒變得無邊無際。

「學姊，我不是為了想跟妳在一起才告白的……所以，拜託不要討厭我、不要覺得尷尬、不要覺得為難。」

回頭看宋彌恩一直以來對我的態度，他似乎一直都沒有打算透露自己的心意，除了偶爾讓人心跳加速的話語，他不曾有更多的表示。

甚至連在得知我喜歡方寅學長後，他也沒有強烈反對，反而只是擔心我會受傷、一直默默守護在我身旁。

這真的是他想要的嗎？他真的甘願只跟我維持朋友關係嗎？還是，他只是篤定了我不喜歡他，他才會這麼說、只為了讓我們的關係不要變得更疏遠？

「我知道學姊不喜歡我，只把我當弟弟，所以我不會要學姊考慮或什麼的……那太刁難人了嘛。」

而他，怎麼能如此篤定我不喜歡他呢？明明連我自己，也不是很確定啊……

公車忽然緊急煞車，打斷了我的思緒。我一個重心不穩，差點往前跌去，幸好我及時站穩腳步。我的思緒忽然被中斷，無法接續下去。我暗自嘆了口氣，只好放棄思考，乾脆就這樣盯著窗外發呆。直到旁邊的同學按了下車鈴，我才意識到自己快到學校了。

今天我來得比較晚，抵達班級時，班上已經來了將近一半的同學。星期一早上的教室總是鬧哄哄的，各自圍在一起吃早餐，順便聊聊週末發生的趣事。

我走到自己的位子，正準備放下書包，卻偶然在喧鬧之中聽見我的名字。我微微一詫，視線循向聲音來源，是我們班上一群女生。她們坐在教室前排的位子，正在聊天。

「啊，那時候我也被嚇了一跳。」其中一個女生，皺著眉頭說道：「她們兩個禮拜五的時候在走廊上吵得那麼激烈，我還以為要打架了呢！」

「到底是為了什麼事啊？好像都沒人去問她們。」另一個女生回應道。

「誰敢問啊？感覺就是很嚴重的事！王曉梅不知道還摔壞了什麼東西。」明明本來是一群女生之間的討論，卻也馬上有男生插嘴說道。頓時間，那群女生身邊又圍了一小群人，有男有女。

他們似乎聊得很認真，再加上我的位子算是後排，他們坐在前排，絲毫沒有發現我已經到班上了。

直到有人無意識地往我這裡看了一眼，一發現我在班上，立刻回頭要大家噤聲。所有人了解狀況後，全都很有默契地轉開話題，談新聞、談偶像緋聞……就是絕口不再提起我和曉梅的那場爭執。

畢竟他們不是在說我的壞話，只是單純好奇我和曉梅之間發生什麼事、也沒有什麼多餘的負面臆測，所以我並沒有覺得反感。只是，一聽他們這樣說，我又不禁回想起星期五中午發生的事。那時候的我還沒認清方寅學長的真面目，對曉梅的態度既高傲又惡劣。如今想來，我恨不得給自己一巴掌。

我望向曉梅的座位。她還沒到學校，這讓我有一種愧疚無從安放的感受。

直到早自習鐘聲響起，都還沒有見到曉梅的人影。

本來鬧哄哄的班級，因為早自習開始而變得安靜。一瞬間，我的思緒從紛亂到寂靜，我遲遲沒有把書翻開，就只是靜靜地望著曉梅的座位。

不久後，曉梅背著書包，匆匆忙忙地從教室後門跑進來。她放輕了腳步，但還是掩不住臉上那種遲到時會有的心虛和尷尬。

看見她終於來了，我心中的愧疚才找到寄託的所在。

曉梅很快地從書包裡拿出書本和鉛筆盒，開始跟大家一樣安靜自習。我盯著她的側臉好一陣子，不由得想起自己曾經那樣大聲地指責過她、看見她臉上漾開無奈的神情。於是我心中又升起了一股焦躁的情緒——

我立刻從書包裡拿出我的筆記本，撕下一小角，在上頭提筆寫了些什麼。寫完後，我鼓起勇氣戳戳旁邊同學的肩膀。

旁邊的同學用疑惑的眼神看著我，用口形對我說：「怎麼了？」

我把摺起來的紙條遞給她，「幫我傳給曉梅。可以嗎？」同學聽了我的話，眼神閃過一絲好奇。她也是剛才那群在討論我和曉梅的其中一員。

她接過我手中的紙條，然後對我微微一笑。雖然她沒有明說，但我總覺得她就像在祝福我可以跟曉梅和好。

我也回予她一抹微笑，無聲說道：「拜託妳了。」

以前國中盛行在課堂上傳紙條時，我從來沒有參與過。第一個理由是因為我太膽小，不敢忤逆老師、怕被老師發現；第二個理由則是因為我從來沒什麼交心的好朋友，雖然跟大家相處融洽，但也僅止於同學關係，根本沒有那種可以互傳紙條的交情。

我是個懶得經營人際關係的人，不會費心去記誰的生日、不會貼心地在別人難過時安慰對方、不會拿捏和別人相處的距離，要嘛太遠、要嘛太近。我對此總是笨拙。

沒想到，到了高二這一年，我的個性依舊如此，卻遇到了許多對我非常好的人——有一個默默保護我的于蘋學姊，有一個爽朗直接的王曉梅，還有一個一直守候在我身旁、對我溫柔微笑的宋彌恩……

能遇到這麼多用心待我的人，我明白我應該要好好珍惜。

很快地，紙條就傳到曉梅附近了。曉梅本來在看書，突然被人戳了後背，她納悶地轉頭，對方似乎跟她說了是我傳過去的紙條。聽見我的名字，她的表情頓時一滯。這讓我心頭一顫。

曉梅下意識往我這裡看了一眼，臉上沒有太多的情緒。她將紙條打開，閱讀上頭寫的內容。

隨著她目光的流轉，我在心裡默念了一次自己剛才寫下的文字——

「對不起。還有謝謝妳，曉梅。」

曉梅重新看向了我，目光沉著。我緊抿著唇，逼自己正視她的目光，告訴自己不可以退縮。我心臟跳得很厲害，深怕下一秒看到她露出厭惡或排斥的神情。

沒想到，曉梅只是把紙條仔細地摺好，然後望著我，慢慢地對我露出一抹笑。

那不是敷衍的、或是強擠出來的笑容，而是一種緩慢而溫柔的笑。

這讓我內心的不安、愧疚，在這一秒得以消融。我望著她，不禁也揚起一個笑容。

我知道，我不必再多解釋什麼了。曉梅她什麼都明白，也什麼都原諒了。

早自習下課後，我和曉梅就這樣悄聲無息地和好了。

對那張紙條不知情的同學，一看到我和曉梅又走在一起，個個都露出了詫異而震驚的表情。

我和曉梅一前一後地坐在教室裡，若無其事地聊著。我們倆誰也沒再提起星期五中午時的那場爭執，也沒再提起方寅學長這個人，就好像他從來不曾存在於我們的話題之中。我們倆就這樣開心地聊著，沒有絲毫的尷尬或顧忌。

我想，這就是真正交心的朋友吧？此時看著曉梅，我心中止不住地蕩漾著。

***

放學時，我一如既往地站在班級門口，等著宋彌恩來找我。我看著人來人往的走廊，心情平靜。

突然一陣寒風吹來，走廊上的人潮不約而同地發出哀號聲，而我也忍不住攏緊自己的制服外套、也伸手調整了一下脖子上的紅色圍巾。

終於，宋彌恩的身影出現了。他笑容滿面地往我跑過來，然後向我打招呼：「詠絮！我們走吧！」

聽見他叫我名字，我心臟震了一大下。我這才後知後覺地想起，自己答應過讓他叫我詠絮的。其實我對輩分從來沒什麼執念，即使他是我的學弟，但只叫我的名字，我也可以接受，而這也完全不是需要我首肯的事情。

但不曉得為什麼，只要聽見他叫我「詠絮」，我的心臟就會泛開一股麻麻的、癢癢的感受。好像隨著他喊出那兩個音節，我靈魂有一部分也在隱隱地鼓動著。

我對他露出一抹微笑，略嫌尷尬，「嗯……走吧。」

他微笑著，正要邁開步伐，臉色卻突然一僵。我察覺了他的神情變化，忍不住皺起眉頭，關心道：「宋彌恩，你怎麼了？」

這瞬間，宋彌恩的眼神是我從來沒見過的。既深沉又悲傷。

「宋彌恩？」我又出聲喚了他一次。這樣的他讓我感到莫名的害怕。

宋彌恩回過神來，眼神卻依舊黯淡，「嗯……」他連答話都顯得有氣無力。

我還想要追問，但一看見他越發深沉的眼眸，我就一句話也問不出口了。我心慌地跟在他身後，總覺得他連背影都顯得憔悴不堪。

——到底發生什麼事了？宋彌恩為什麼突然這樣？明明上一秒還笑得很開心呀。

我一邊胡思亂想著，一邊和他走在紅磚道上。平時我們總會聊天的，今天的路途卻異常安靜。或許是因為太過安靜，每一輛行駛而過的車子、每一個與我們擦肩而過的行人，都顯得格外突兀和尖銳。

於是我走在紅磚道上的此刻，感覺自己如坐針氈、像走在一條長滿細刺的路上。無盡的沉默裡，佈滿了細小的侷促。

寂靜而煎熬的路途結束，宋彌恩就這樣停在斑馬線前面。他難得地開口了，神色卻依舊複雜，「要送妳過去嗎？」他的聲音很僵硬。

我愣愣地望著他，頓時發不出任何聲音，我甚至不敢看著他。這樣悲傷而憔悴的宋彌恩，我不敢去看。

我沒有回答，而他也不再多問。我低著頭，盯著紅磚道。

突然，他的聲音傳來：「學姊，綠燈了。」他的聲音竟帶有一絲疏離。

聽見那聲「學姊」，我驚愕地望著他。

「快過去吧。」他對我微微一笑，但我卻覺得比哭還難看。

我一邊倒退了幾步，一邊盯著他，心中像被拉扯著，猶豫不決。

正當我還在思考自己該怎麼辦時，宋彌恩卻已經先轉身了——

我睜圓了眼，震驚地看著他逐漸走遠的背影。

驀然，還沒等我理解發生了什麼事，他就停下了腳步。我的心顫了一下，頓時生出了欣喜的感受——

「學姊，我們以後就不要一起放學了吧。」

宋彌恩背對著我，疏淡地說出這句話。

他的聲音，將我欣喜的情緒，硬生生地敲碎了，徒留一地碎片。

我還沒回過神，就這樣站在紅磚道的邊緣，眼睜睜地看著宋彌恩離去。他的背影在黃昏的街道上，顯得憔悴不已。

「學姊，我們以後就不要一起放學了吧。」他的聲音像是一層一層地堆疊起來，在腦海裡反覆翻騰。

我感覺心臟傳來一股細微卻強烈的疼痛，一點一點蔓延。我渾身都變得冰涼，無法動彈。

——宋彌恩為什麼要突然這麼說呢？而且還露出那麼悲傷的神情……

這一刻，我突然意識到，他剛才那些複雜的表情、深沉的眼神、疏淡的語氣，並不是憤怒、不滿或冷漠，反而是一種殷切的憂鬱和惆悵。

以前，他也曾在我面前露出受傷的表情，但都只是暫時的，很快就恢復了笑容。

而這次，他卻突然露出如此悲傷的模樣……我從來沒看過他這樣子，這讓我吃了一驚，更感到前所未有的心慌。

我難道做錯了什麼、傷害到他了嗎？我仔細回想著自己剛才和他的每一句對話，卻仍完全想不透他為什麼突然這樣。我越想越心急，胸口像是要燒起來一樣，既焦灼又煩悶。

這種感覺，就好像我快要失去宋彌恩似的……光是這麼想著，我就感覺心臟疼得難受。

晚上回到家，坐在餐桌上，我一邊扒著碗裡的飯，一邊失神地咀嚼著。爸媽看我這樣，出聲關心我怎麼了，我才回過神來，趕緊搖搖頭，把碗裡的飯菜一口氣塞進嘴裡，然後含糊不清地說要回房間讀書。

回到房間後，我坐在書桌前，檯燈的燈光映照在桌面上。我仍然失神著，胸口依然有一股焦灼的感覺。

這天晚上，我看不進課本上的任何一個字，心思混亂。連上床睡覺的時候，也久久無法成眠。在安靜的夜晚裡，我只是更心煩意亂了。像是沒有盡頭的黑夜，讓我的焦躁難受變得無限漫長，沒有邊際。

就這樣睜著眼，我目睹窗外景色從濃郁的黑暗轉為一片明亮。我的鬧鐘響了起來，我伸手去按掉，憔悴地換衣服、刷牙洗臉。

要出門前，我站在門口穿鞋子。媽媽突然跑出來，好奇地問我：「詠絮，妳這條圍巾已經乾了。妳要戴這條圍巾去上學嗎？」

我看著她手裡那條圍巾，正是宋彌恩送我的禮物。當我的目光觸及這條圍巾的潔白，我心中不禁泛開一股疼痛，本來就焦躁難耐的情緒更加沸騰，化作一股深切的哀傷。

我點點頭，應了一聲：「嗯。」我將自己脖子上的紅色圍巾拿下來，交給媽媽，然後從她手中接過了那條白色圍巾。

觸感依舊溫熱厚實。就像宋彌恩陪伴在我身邊的那些日子，如此細膩溫柔。

——宋彌恩就像青春裡的一朵潔白棉花，在短暫即逝的花季裡，留下一段最綿密的溫柔繾綣。

而我，卻要失去他了……

我瞬間鼻酸，眼眶也跟著發熱。我趕緊別過頭，悶聲說道：「媽，我出門囉。」

媽媽絲毫沒有察覺我的異狀，只是微笑著要我路上小心。

我迅速地穿好鞋子，出了家門，一路跑下樓梯。最後，我大力地關起鐵門。一關上門，我的眼淚就開始往下掉。

我一手摀住自己的臉，一手撫摸著脖子上的圍巾，哭得越來越激烈，我感覺自己渾身都在抽搐——

「學姊，我不知道該怎麼幫妳。妳能告訴我嗎？」

「這不是客套，是擔心啊。我不放心學姊一個人回家。」

「學姊，我替妳拿東西。」

「學姊，妳進來一點，不要曬到太陽了。」

「我覺得……方寅學長一點都配不上妳。」

這是宋彌恩的溫柔。雖然笨拙直接，卻真摯得讓人無法抗拒。

「……我只喜歡被詠絮學姊差遣。」

「雖然不知道學姊在笑什麼……但能讓學姊這麼開心……我也很開心喔。」

「……比起打球，我還是比較想和學姊一起放學。」

這是宋彌恩只給予我一人的溫柔。雖然受寵若驚，卻可愛得讓人無法討厭。

這樣溫柔的宋彌恩、這樣可愛的宋彌恩，傾盡了所有的溫柔，只願我笑容依舊。他的聲音、他的面孔、他的微笑，就如同棉花，扎實繾綣的觸感，在每一個安慰的擁抱裡變得柔軟踏實……

我流著眼淚，細想著他曾對我說過的每句話。我每一次的回想，心臟就會狠狠地緊揪著，使我無法喘息。

「學姊，我只想看見妳健康開心的樣子。不管妳喜歡誰、想為了誰付出時間和心力，我都希望妳依舊是那個爽朗可愛的詠絮學姊，不要因為別人，而忘了自己真正想要的東西、忘了自己真正的模樣。」

他曾經這樣對我說過，希望我不要因為喜歡方寅學長而忘了自己。

現在，我已經不會再因為方寅學長而犧牲自己、不會再因為方寅學長而痛哭失聲、不會再因為方寅學長而迷失自我……

然而，面對宋彌恩轉身離去的背影，我竟再也做不到釋懷。只要一想到他那聲疏離冷漠的「學姊」，我的眼淚就止不住地滿溢出來……

這種感覺，比起目睹方寅學長的真面目，更加地強烈、更加地撕心裂肺——

我一邊大哭著，一邊蹣跚地走向公車站，搭上公車。在搖晃的車子裡、在別人訝異的眼光裡，我的眼淚不停地往下墜落。

直到冷風風乾了我的淚水，心痛得再也流不出一滴眼淚，我才終於停止哭泣。但我感受到的，卻是比哭泣還要強烈的痛苦。

我踏入班級，默默地坐在自己的位子上，用力地揉著自己又癢又熱的眼睛。

「詠絮，早安！」曉梅雀躍的聲音傳來，她一邊喊著我，一邊揮著手朝我跑來。

我下意識地擋住自己的臉，深怕被她看見我哭得這麼狼狽的樣子。

但曉梅還是很快地發現了，她驚愕地望著我，「詠絮……」她的聲音既驚訝又心疼，「妳怎麼了？怎麼哭成這個樣子？」她說完，立刻回到自己位子上拿了一包衛生紙過來，抽了幾張給我擦掉淚痕。

她坐在我的面前，目光擔憂，「還好嗎？」

一感受到她的關心，我的眼淚又再度潰堤。像是終於找到一個可以宣洩的地方——

曉梅更慌張了，手足無措地望著我：「詠絮，妳別哭呀……跟我說，發生什麼事了？」她看了四周一眼，立刻站起來拉住我的手，「這裡人太多，我們去廁所說，嗯？」

我被她拉著，噙著淚水跟著她的腳步離開教室。我們倆窩在女廁的角落，蹲在地板上，靠得很近。

我一邊抽噎著，一邊向她說了宋彌恩突然對我轉變態度的事，包括宋彌恩之前對我的告白，我也都告訴了曉梅。我越說越傷心，但是不再哭泣，只是抽噎著，結結巴巴地把事情說完。

曉梅拍著我的背脊，聽完我說的話之後，皺起眉頭，說道：「原來是這樣子……不過，詠絮妳自己哭得這麼慘也沒有用，不是嗎？」她對我露出一抹苦笑，「與其這麼傷心難過，妳要不要乾脆去問問他，到底為什麼突然對妳這樣？說不定有什麼誤會，解開就好了！」

曉梅一語點醒了我，我腫著眼睛，滿懷希望地看著她，「對，我應該去問問他的……」

曉梅微笑著，拉住我的手，「好了，在解開誤會之前，妳是不是也該意識到另一件事了？」

我茫然地望著她，聲音有點哭啞了：「意識到……什麼？」

曉梅露出一抹無奈的笑容，「真是拿妳沒辦法耶！不釐清這件事的話，還怎麼去質問他？」

我依舊不懂曉梅在說什麼，困惑地望著她。

曉梅笑著嘆了口氣，「好吧，我今天就來點醒夢中人！」她深吸了一口氣，像是要宣布什麼驚人的消息，語氣鄭重：「詠絮妳——應該也是喜歡宋彌恩的吧？」

我瞪大雙眼，驚愕地望著她。心跳像突然漏了一拍。

＊＊＊

早自習才剛下課，我就立刻衝出教室，想要馬上去找宋彌恩。

然而，還沒等我跑遠，曉梅的聲音就在我背後響起：「笨蛋！圍巾不拿啊！小心冷死妳！」

我趕緊剎車，回過頭看她。她手裡正拿著宋彌恩送我的那條白色圍巾，匆匆地跑過來。她把圍巾交到我手中，對我露出一抹微笑，「加油！快點去把誤會解開吧！」

我心中一暖，緊緊抱著那條圍巾，「曉梅……謝謝妳。」我現在說話都有了鼻音。

曉梅拍拍我的肩膀，「不要這麼煽情！快點去！」

我用力點點頭，揚起一抹笑容，「我會加油的！」說完，我馬上把圍巾圍上頸脖，轉身開始奔跑——

抵達宋彌恩班級時，我大口地喘息著，空氣中都漾起了白霧。我在他的班級外頭觀望了好一陣子。剛好，有個學弟教室裡走出來，和我對上了眼。

我還來不及開口，他就已經站到教室門口，朝裡頭大喊了一聲：「宋彌恩！外找喔！」

因為我有時候會到宋彌恩班上找他，久而久之他們班的人看見我，都會替我叫他出來。以前我都沒想太多，現在卻感到了一股深深的羞窘。

「……謝謝你。」我吶吶地向學弟道謝。

「不會。」學弟說，又突然說：「學姊，妳可要好好安慰宋彌恩哪！」

我驚訝地望著他，「怎、怎麼了嗎？」

「不知道耶！看他一大早就擺臭臉，好像心情很差。從沒看過他這樣，大家都嚇了一跳。」

聽到這裡，我心中一顫。難道……他是因為我才這樣的嗎？

學弟匆匆地向我告辭，正當我還沉浸在自己的思緒中，就看見宋彌恩的身影朝我慢慢走來。

寒風吹來，冷冽的含意滲入骨子裡，我卻在看見宋彌恩的剎那，感覺到了一股暖意慢慢地將我包圍……

一種感動的、激動的、雀躍的感情在心中迸發開來——這一刻，我眼前漾開了水霧，逐漸模糊我的視線。我看不清宋彌恩的臉龐，卻清楚明白，眼前這個男孩，是我絕對不能失去的人。

他站到我面前，我能感覺到他正凝望著我。一滴淚落了下來，我眼前又重新變得清晰，我終於看清了宋彌恩的表情。

我瞪大了雙眼，震驚地看著宋彌恩。只見宋彌恩一雙眼睛水汪汪的，正噙著眼淚。他緊緊抿著唇，像是在忍住眼淚——

他盯著我的脖子，聲音顫抖地說：「學、學姊……妳的圍巾……」他的眼神裡有好多好多情緒一擁而上，有釋懷、驚喜，同時也有不敢置信。

我望著宋彌恩，不懂他為什麼一見到我就提起這個。我伸手摸了摸脖子上的圍巾，吶吶地問：「……怎麼了嗎？」

驀然，我的手被他一把拉住。他邁開腳步，牽著我的手往走廊盡頭走去。他的腳步很匆促，我雖然不明所以，但也跟著加快了步伐。我能感覺到他手心的溫熱包圍著我，像是撫平了我心中的急躁和恐懼。

到了樓梯間後，他終於停下腳步。然而，他才一鬆開我的手，我就猝不及防地落入一個溫暖厚實的懷抱。

我嚇了一大跳，驚愕地出聲：「宋、宋彌恩？」

他的聲音哽咽著，「學姊，對不起……我昨天沒看到妳戴我的圍巾，我還以為妳是討厭我了、故意用這種方式拒絕我，要我離妳遠一點……對不起！」他壓低了聲音，像是害怕我聽見他的抽噎聲。

我瞪大雙眼，「什、什麼？」我能感覺到他渾身正細細地顫抖著，像是在隱忍哭泣的衝動。

過了半晌，我才終於意識到發生了什麼事，於是我慌張地解釋：「你想太多了！我昨天沒戴你的圍巾是因為洗了還沒曬乾……拜託，我怎麼可能用那種方式拒絕你？你也太傻了吧！」

「真的嗎？」宋彌恩與我稍微挪開了距離，他兩手扶著我的肩膀。

我望著他既真摯又悲傷的雙眼，一時失了言語。

還沒等我回答，他便重新開口了，「學姊……我跟妳告白以後，成天提心吊膽的，一直不知道自己到底做得對不對？我真的超怕妳不理我了、也很怕妳會討厭我……所以一看到妳沒戴我的圍巾，我才會那麼難過，怕自己再繼續待在妳身邊，妳會覺得我越來越討厭……我才會說以後不要一起放學了——對不起，學姊！」

宋彌恩語速急促，說完這段話才深吸了一口氣，又再次開口——

「學姊，我知道妳不喜歡我，也知道感情這種事勉強不來。所以，我不會對妳死纏爛打——拜託妳不要討厭我，我真的很喜歡很喜歡妳！妳不要討厭我啦！我們以後還是一起放學，好不好？我還是想叫妳詠絮，可不可以？只是朋友絕對沒關係的！至少妳不要討厭我，好不好……」

而他的語氣越來越沮喪，神情既焦急又膽怯。他說的話，像是一句句刺進我的內心深處。

看他這麼慌張向我解釋的樣子，想必他自從告白後，一定非常煎熬吧？他是不是擔心自己會隨時失去我呢？一想到我這兩天歷經的痛苦也曾發生在他身上，我就感到不忍。

我心中生出一股難耐的情緒，既心疼又焦急，心口更是痛得厲害。

最後，我索性握住他的手，也不顧思緒多麼混亂，就這樣直接大喊出聲：「好了！不要哭了！我喜歡你啦！」我閉著眼睛，豁出去似地對他喊道。

當我重新睜開眼睛，宋彌恩已經停止流淚了。他愣愣地望著我，眼神寫著不敢置信。

我忽然意識到自己剛才說了什麼，立刻低下頭來，不禁咬住自己下唇，心臟緊張的怦怦跳——我、我竟然告白了？

他的聲音僵硬，「妳、妳剛才說什麼？」

我頭垂得更低了，聲音變得越來越小：「我說，我喜歡——」還沒等我說完，我就被他一把拉入懷中。

重新感覺到他身上的氣息，我感覺自己的雙頰燙得厲害。我窩在宋彌恩的懷抱裡，重新把話說完：「我喜歡你，宋彌恩。」

我聽見他輕輕的笑聲，聲音卻依舊顫抖著：「這、這是真的吧？妳不是為了哄我才說的吧？妳是真的喜歡我吧？」

我被他這樣可愛的樣子逗笑了，忍不住噗哧一笑，語氣卻越發堅定：「對，我是真的喜歡你！」

今天早上聽了曉梅那句話，我才終於恍然大悟——

一直以來，宋彌恩的一舉一動都牽引著我的情緒，我曾為了他心跳加速、也曾因為即將失去他而感到傷心。我不曉得該怎麼去定義真正的喜歡，但經過這兩天的煎熬，我心中非常清楚——宋彌恩是我絕對不能失去的人。

他的可愛、他的溫柔、他的面容、他的笑靨、他的眼眸、他的聲音……他的所有一切，我都想要擁有，不願與任何人共享。

我喜歡宋彌恩。喜歡他的一切，無論好的或壞的，我全都喜歡。而我和他在一起時，我可以做回最真實的自己，不須任何掩飾、不須有多餘的包袱。

宋彌恩抱緊了我，「詠絮，我也喜歡妳喔……」他的聲音有著雀躍和欣喜，更多的是溫柔。

下一秒，他又突然說了一句：「詠絮，妳現在後悔還來得及喔……妳、妳真的沒有騙我吧？是真的喜歡我吧？」

我忍不住大笑出聲，但沒有馬上回答。

我把臉埋在他的肩膀上，輕輕蹭了蹭他的制服布料，然後低聲應了一句：「是真的啦……真的喜歡你。」

宋彌恩聽了我的話，只是將我抱得更緊了。

他身上的氣息是被陽光曬過的氣味，如此溫柔而踏實……

＊＊＊

今天是個晴朗無雲的日子，我一邊走出家門、一邊抬頭看著蔚藍的天空，心情頓時變得愉悅滿足。

我一路來到捷運站出口，是我和曉梅約好的地方。我就這樣坐在旁邊的長凳上，一邊等著曉梅的到來、一邊低頭滑著手機。

我莫名地想起——滑手機這個動作，曾是專屬於方寅學長的。以前，每當他傳訊息過來，我就會匆忙地察看手機。

而打從我在穿堂撞見方寅學長和于蘋學姊的對峙後，不知不覺已經過了一個月。在這一個月裡，學長再也沒有傳訊息給我，當然也不曾再約我出去，就像人間蒸發似的。

我心中很清楚，這是方寅學長的慣性。只要一察覺女生對他抱持好感，他就會展開攻勢；然而一旦被識破真面目，他就會乾脆地收手，不再和對方聯絡。這就是曉梅曾說過的，「撒魚餌等著魚兒上鉤」吧？一旦他厭煩了，就可以馬上把釣竿收起來，不需任何猶豫。

「詠絮！我來了！」曉梅的聲音傳來。我抬頭看向她，把手機收進口袋裡，然後站起身。
「早安呀，曉梅。」我笑盈盈地說。
「抱歉，我有點遲到了……我們趕快去吧？不然休息區就搶不到位子了！」
我點點頭，對她微笑，「嗯，我們快走吧！」
我們搭上捷運，明明是假日的早晨，捷運上仍人滿為患。其中有些人，一看就是準備要考試的學生，旁邊還有家長在低聲叮囑著什麼。
——今天，就是于蘋學姊他們學測的日子。而我和曉梅，今天是準備要陪考、替學姊加油打氣的。
我們抵達目的地後，費了好大一番功夫，才終於找到了我們學校的休息區。我們學校的休息區就在一樓的一間教室裡，雖然座位不多，但能有教室讓考生休息，已經算很不錯了。
我們一踏進休息區，就看見了于蘋學姊坐在角落、埋頭讀書的樣子。我們走到她身邊，點點她的肩膀，笑嘻嘻地說：「學姊！我們來啦！」
于蘋學姊一看見我們，立刻露出歡欣的笑容，「妳們來了！我還怕妳們找不到在哪裡。」她拍拍我們的肩膀，又說道：「真的很謝謝妳們願意來陪考！等我考完，就請妳們吃飯。」
「請吃飯就不用了啦！」曉梅吐吐舌頭，「我們明年也要考試了，今天來一趟算是見習嘛。」
我也微笑地附和了曉梅的話。于蘋學姊聽了，笑了笑，「妳們真是貼心。不過，這飯我是請定了！噢，詠絮，到時妳也記得把宋彌恩找來，知道嗎？」

聽到學姊提起宋彌恩，我的臉莫名熱了起來。

曉梅一看到我這個樣子，立刻笑道：「唉呀，學姊，我跟妳說！詠絮跟那個學弟明明已經交往一個月了，但是她到現在聽到宋彌恩的名字還會臉紅呢！妳就不要戲弄她了吧。」

于蘋學姊聽了，馬上大笑了起來，「天哪！真的臉紅了耶！妳也太可愛了吧？」

我聽了，只是感覺雙頰更熱了。我低著頭，羞窘地說：「學姊，不要這樣啦……」

我也不知道是怎麼搞的，自從和宋彌恩交往以後，只要聽到有人提起他，我心中就會一陣悸動，臉也會變得滾燙不已。是因為和宋彌恩相處久了、不小心被宋彌恩傳染，所以才會常常臉紅嗎？

「好、好、好。」學姊連忙投降，「我就不調戲妳了。時間也差不多，我該去考場準備了。」于蘋學姊微笑對我們說道。

曉梅向學姊揮揮手，「學姊！考試加油，不要緊張！」

「多虧剛才妳們逗笑我，我現在一點也不緊張了。」于蘋學姊故意朝我眨了眨眼。

我慌張地喊道：「唉呀！學姊——」

曉梅跟于蘋學姊兩人笑成一團，學姊揉著自己的眼角，「我笑到都流眼淚了。好啦！不說笑了，我真的該走了。」

我露出笑容，吶吶地說道：「學姊……加油！」

學姊走向門口，對我們點點頭，露出迷人的笑容，「我會的。謝謝妳們！再見。」

陪考的時光並沒有如我想像中的枯燥乏味。我和曉梅總有聊不完的話題，中午也外出替學姊買了午餐。不知不覺，陪考的時光就在愉快的氛圍中結束了。

學姊的考試結束後，我們三人走在一起，有說有笑的。走到校門口時，我停下了腳步，兩人露出疑惑的眼神，轉頭問我：「詠絮，怎麼了嗎？」

我手裡握著手機，尷尬地說道：「我忘了說，我待會還有約，所以要在這裡等人……抱歉，不能一起回去了。」

曉梅一聽，立刻明白過來，露出微妙的笑容，抓住學姊的手臂，「學姊，她一定是在等宋彌恩啦！我們趕快走，免得待會變成電燈泡！」

學姊聽了，也揚起笑容。兩個人就這樣勾著手，迅速地跑遠了。

我望著她們離去的背影，又好氣又好笑，忍不住無奈地搖搖頭。

就在此時，我的手機響了。我趕緊接起來，「喂？」

「喂？詠絮——」宋彌恩軟綿綿嗓音傳來，我心中莫名就變得柔軟不已。我抿著唇，漾起微笑。

「我在門口啦！妳在哪裡？」他問我。

我四處張望了一陣，「我也在門口呀！但是我沒看到你。」我有些焦急，左顧右盼地找著。

突然，宋彌恩「啊」了一聲，「詠絮，我看到妳了！等等我喔，我馬上過去！」他的語氣充滿雀躍。

電話被掛斷了。我卻依舊找不到宋彌恩的身影，不曉得他會從什麼方向走過來——這瞬間，我陷入了一陣莫名的茫然之中，有一種突然迷失自我的感覺，更有一股不知身處何方的忐忑。

我轉了一大圈，試圖想在茫茫人海中看見宋彌恩的身影，但無論我怎麼找，一個又一個的陌生面孔卻只是不斷重疊混雜，讓我心緒更加混亂。

驀然，我感覺手心傳來一股熟悉的溫度。我吃了一驚，循向溫度的來源，立刻就撞進一雙純淨的眼眸裡。

宋彌恩笑咪咪地看著我，「詠絮，我在這裡。」這一刻，他的聲音溫柔，彷彿傾盡所有耐心與柔情。

我張開雙臂，用力擁住他。他似乎嚇了一跳，聲音有點愣然：「詠絮，妳怎麼了？」

我鬆開懷抱，微笑地望著他，搖搖頭，「嗯，沒事。只是突然想抱抱你。」

宋彌恩的臉立刻紅了，他張望了一陣子，才湊近我耳畔，低聲說道：「我其實也很想抱妳啊……但這裡人太多了啦！」他的語氣帶著一點靦腆。

我立刻僵住，抬頭看了四周，發現有不少人正盯著我們倆看。我立刻和他挪開距離，尷尬地說：「我、我們走吧……」

宋彌恩紅著耳根，用力點點頭。

我轉身，正要邁開步伐，卻被宋彌恩叫住：「詠絮。」

「嗯？」我轉頭看向他。他伸出自己的右手，露出難為情的臉色，提醒道：「手、手啦……牽手好不好？」

我笑了出來，一把牽住他的手，「好——當然好。怎麼不好？」

他握緊了我的手，滿足地笑著，「好了，可以了！走吧！」

我們倆一同轉身，邁開步伐。

就這樣手牽手走著，忽然我餘光裡出現一抹熟悉的人影。我抬眼看去，驚訝地愣在原地。

宋彌恩察覺了我的異狀，跟著停下腳步，「怎麼了？」

我沒有答話，只是靜靜地看著那個高挑的男孩，和我擦身而過。方寅學長似有所感，轉頭瞥了我們一眼。

然後，他若無其事地回過頭，繼續往前走。他的腳步甚至沒有絲毫停頓。

看見這個畫面，我不禁露出一抹微笑。沒有一絲負擔或苦澀，就只是平靜的、淡然的一抹笑意。

宋彌恩並沒有看見方寅學長，還在關切地問我：「詠絮，妳怎麼啦？不舒服嗎？要我背妳嗎？」他為了和我平視，稍微蹲低了身子。

我微微一笑，望向宋彌恩，稍稍傾身，在他的唇上留下一吻。

他瞪大雙眼，全身立刻僵住。

我只有輕輕一吻，很快就挪開距離。而他依舊是震驚地望著我，久久無法回神。

「學、學姊啊……」宋彌恩只要一慌張，就會不小心又叫我「學姊」。

此刻，他的臉像是要爆炸一樣地泛著紅暈，他哭喪著臉，又叫了一聲：「學姊——」

「幹嘛？」我抿著淺笑，問道。其實，我的臉也熱得不行。

「妳為什麼偷親我啦！親之前為什麼不先通知一下啦！」宋彌恩沮喪地說，「我、我什麼感覺都沒有就結束了啦！好過分……」

我噗哧一笑，根本沒料想到宋彌恩的反應會是如此。我完全不知道該說什麼才好。

宋彌恩所有表情都是生動鮮活的、所有溫柔都是綿密細膩的。我的青春，因為他的存在而變得多采多姿。

「……那再一次吧？」我問。

還沒等他回應，我便攬住了宋彌恩的脖子，踮起腳、覆上他的唇。

——這一次，這個吻持續了很久很久。而此刻，宋彌恩正擁著我，輕輕閉起雙眸。

我感覺到他氣息的溫度、他嘴唇的柔軟……就如同棉花成熟裂開時，露出的白色棉絮，那般柔和細膩。

——我的戀人，就如同吐絮後的棉絮，輕柔地將我包圍、給予我世上最溫柔細膩的呵護。

這就是，屬於我的戀人。

番外

番外一　小方寅的釣魚記

方寅發現，自己從小就有一個絕妙本領。那就是，他似乎總是可以誤打誤撞地讓女孩子怦然心動、把他當作白馬王子一樣崇拜。

一開始他覺得很困擾，因為那些女孩子一直糾纏他。

但隨著年紀越來越大，他開始發現這樣也挺不賴的。那些女孩子就像一條又一條的小魚，有的是孔雀魚、有的是鬥魚、有的是金魚……她們在他面前優游著，而他就像待在魚缸外的人，可以靜靜欣賞那些魚兒游泳的美麗姿態。

而他人生中豢養的第一隻魚，可以追溯到五歲那一年。

當時，小方寅讀的是當地的雙語幼稚園，學費貴得要命。每天中午大家都得在地板舖上睡袋，等老師把燈關上後，所有幼稚園小孩睡在一起午休。

那時候，他讀的叫作「小魚班」，小魚班裡面有一個女孩子特別吸引他。那個女孩子就姑且簡稱「小魚兒」好了。

小魚兒不像別的女孩子會每天都披頭散髮地來學校、玩得全身狼狽地回家。相反地，小魚兒每天早上到幼稚園的時候，都會綁著跟昨天截然不同的髮型，而且一天比一天更華麗，光是盯著看就令人感到目眩神迷。

而且，她綁頭髮時用的橡皮筋也跟別的女孩子不一樣，在幼稚園那略顯泛黃的燈光下，總會透著閃爍、奇異的光芒。

對於一個生平五年來只留過短頭髮的小男孩而言，小方寅覺得那個女孩真是太酷炫了。幼稚園裡其他男生似乎也對小魚兒的頭髮很感興趣，常常惡作劇去拉她的馬尾或辮子。

小方寅從來沒有加入他們的行列。因為他以前有一次拉了媽咪的頭髮，結果媽咪的假髮就掉下來了，那時候小方寅被媽咪痛打了一頓，還罰站了好久，但他始終不明白自己做錯了什麼。總之，小方寅怕他如果也去拉小魚兒的頭髮，小魚兒的假髮也會掉下來，然後他就會被罰站。

雖然如此，小方寅實在很好奇，男生的頭髮能不能像小魚兒一樣那麼長呢？為了知道這一點，所以小方寅拖了好幾個月都不肯讓爸比修剪自己的頭髮，直到他媽咪從美國忙生意回來，看見小方寅的時候，差點認不出他——因為，小方寅的瀏海已經落到眉梢了。

小方寅的媽咪看了很生氣，指著小方寅的爸比破口大罵：「你為什麼讓孩子變成這種德行？這是誰家的野孩子！我才不認識！我去美國你以為我去玩的嗎？還不是為了賺錢養家！你算什麼男人啊讓女人去賺錢養家！連個孩子都顧成這樣子！頭髮這麼長能看嗎，像個女孩子一樣！」

媽咪那天跟爸比吵得很兇，小方寅差點懷疑他們是不是要離婚了？雖然他不知道離婚是什麼意思。這讓小方寅覺得很恐怖。他從沒想過男生留長頭髮會造成這種後果。

他心想著，他一定要趕快把頭髮剪掉。其實，媽咪好像有叮囑過他，小孩不能用剪刀，但是小方寅實在不明白為什麼。

於是，小方寅苦惱了很久，最後決定要偷偷把剪刀帶去幼稚園，趁午休的時候躲在棉被裡剪。他想，如果媽咪沒看到，就不會說「不行」，既然沒有說「不行」，那就是可以的意思啦！

小方寅很高興。當天晚上偷偷摸摸地把剪刀藏到書包裡，滿心歡喜地回去睡覺了。

事情就發生在隔天午休。這天，小魚兒綁的是一頭辮子——為什麼說是「一頭」呢？因為她頭上不只有一條辮子，小方寅目測至少有十幾條——好吧，其實他也不曉得，但因為他那時候只會數到十，所以就當作是十條吧。

十條的辮子被糾纏在一起，彼此互相纏繞，像是在小魚兒的頭上環遊世界一周。方寅躺在冰涼的地板上，偷偷睜開眼睛，欣賞著小魚兒頭上那造型奇特、又別具魅力的辮子。

在這樣昏暗的燈光下，小魚兒頭上的辮子就好像散發著什麼光芒似地……小方寅不自覺吞了一口口水，感覺心頭升起一股莫名的興奮感，完全忘了自己本來打算在午休時剪自己的頭髮。

正當小方寅看得入迷時，他卻赫然發現小魚兒旁邊的男生在拉她的辮子！小方寅氣得直接從睡袋裡跳起來。

碰什麼碰啊你莫名其妙！你媽咪沒教過你沒打算買的東西就不能碰嗎！小方寅在心裡大罵。

與此同時，小魚兒的驚聲尖叫傳來，接著是她慘烈無比的哭聲。小方寅也被嚇了一跳，愣在原地無法動彈。所有的小孩被她這麼一叫，都被嚇醒了，全部都坐起來、傻傻地看著小魚兒。

幼稚園老師十萬火急地跑進來，打開了電燈。

一瞬間，視野變得明亮無比。小方寅終於看清楚發生了什麼事——睡在小魚兒旁邊的男生，竟然拿著一把剪刀，把小魚兒頭上的十條辮子都剪斷了！所有小孩都嚇得哇哇大哭，只有小方寅瞪大眼睛，完全反應不過來。

怎怎怎怎麼會這樣？小方寅在心裡哭喊。那個男生手上為什麼拿著他的剪刀啊！

他仔細看了看自己本來放在櫃子上的書包，竟然不知道什麼時候被打開了！

太可惡了這壞蛋！你媽咪沒教過你別人的東西不准亂拿嗎！小方寅氣得握起拳頭，氣沖沖地衝上去，連幼稚園老師都還來不及反應，他就一把奪過了那男生手上的剪刀。

「你這臭壞蛋！」小方寅的奶音炸裂。他氣呼呼地握著剪刀，卻聽到那個在旁邊哭得驚天動地的小魚兒，他覺得有夠煩、超級煩、超級無敵霹靂煩！

我在打壞蛋耶妳吵什麼啦！小方寅轉過頭去，瞪著小魚兒。

「不要再哭了啦！」小方寅大喊，「大不了我剪我的給妳嘛！」說完，小方寅就拿起剪刀，喀擦一聲把自己額前的瀏海剪了一個大洞，然後把剪下來的頭髮丟到小魚兒的頭上。

小魚兒嚇得停止了哭泣，一雙水汪汪的眼睛直直盯著小方寅。這瞬間，小魚兒發現自己好像是童話故事裡的公主，終於等到白馬王子來接她了！

這件驚天動地的事情結束後，小方寅被幼稚園老師罰站了好久、被說教了好久，連媽咪跟爸比也大費周章跑來幼稚園。

媽咪跟爸比很有默契地一直罵他，一個人罵完一句下一個人就接下一句。小方寅看到這個畫面，內心充滿了喜悅。他的媽咪跟爸比這樣一搭一唱的，好像在唱歌一樣！他們應該不會離婚了對吧！

而在那之後，小方寅也發現了一件事。那就是小魚兒開始每天跟在他身後，還叫他要給她親親。小方寅根本不知道什麼叫親親，他只知道那個被剪掉辮子、不得已變成短頭髮的小魚兒變得好奇怪。他覺得小魚兒對他已經失去吸引力了。

於是，他又開始尋找他的下一個小魚兒，樂此不疲。

番外二　摽梅之年

今年的冬天來得特別晚。都已經快到農曆新年了，溫度仍在二十五度徘徊。因為實在厭煩了這樣一成不變的暖和，所以聽見氣象新聞提到下週將要迎來一波冷氣團、溫度會驟降至攝氏十幾度時，我發現自己還挺開心的。

我向來喜歡寒冷的天氣多過炎熱。天氣冷了，多加幾件衣服就好，不像夏天無論何時都熱得發慌，全身濕濕黏黏的。

而除了下一週即將轉冷的天氣，另外一件值得期待的事，即是下週日的一場婚禮。

我和認識多年的于蘋學姊，一起走入一家裝潢氣派的首飾店。櫃檯小姐揚起專業的微笑，問我們今天要看什麼，我微笑向她說我只是隨意看看，於是她也沒有急著向我介紹什麼。

倒是我身邊的于蘋學姊，說想要替自己買一樣首飾，算是犒賞自己成交了一筆大生意。聽到這句話，櫃檯小姐立刻笑盈盈地拿出各種名貴的飾品，擺在桌上向于蘋學姊介紹。

一時之間，沒人注意我在做什麼。我便趁這個時候，開始隨便走走、到處看看。

我稍稍彎身，盯著透明玻璃櫃裡頭華麗無比的飾品。每一樣首飾，都在首飾店裡的水晶燈光下，閃閃發亮著。

我按照順序，逐個瀏覽過去，同時緩緩挪動自己的腳步。看過了項鍊、手鍊、耳墜……等飾品，我不免地來到了擺放各種戒指的玻璃櫃前。

我看著各種款式、令人心神蕩漾的鑽戒，心中一沉。

下週六，我要參加的是高中同學、同時也是我一個好閨蜜的結婚典禮。她從高中開始，和一個學弟愛情長跑多年，到今年才終於決定要步入婚姻。這是一段非常值得祝福的緣分。

而此時站在我身邊的于蘋學姊，也在大學畢業、踏入職場後結識了現在的丈夫，交往一兩年便結了婚，現在擁有美滿的婚姻生活，最近似乎也打算要生個孩子。

身邊那些認識許久的朋友，逐個都擁有了自己的家庭。就只剩下我。

出社會後，我也談過幾次戀愛，但總隱約覺得經營一段感情很麻煩、甚至對談戀愛這件事感到有點索然無味。久了，當然也就散了。

畢竟年紀即將奔三，我覺得自己沒有太多時間再耗費在不適合的人身上。

經過幾年的歷練，年紀終於步入三字頭，我自己對戀愛和婚姻的憧憬也淡化了許多，大多時候覺得單身也挺好。

然而，此時看著那些五光十色的鑽戒，我心中仍不免升起一股感嘆——感嘆時光、感嘆歲月、感嘆逐漸長大的自己。

——我的名字稚氣可愛，像是國小數學習題上會出現的人名。王曉梅、王曉梅地這樣叫著，不知不覺，有著這樣童稚名字的我，竟也三十幾歲了。

小時候，我特別喜歡自己名字裡的「梅」字。我剛學會怎麼查字典的那一天，我就喜孜孜地用「梅」字查了所有和我名字有關的詞彙和成語。

——摽梅之年。

摽梅之年。ㄅㄧㄠˋ ㄇㄟˊ ㄓ ㄋㄧㄢˊ。摽梅，梅子從樹上掉落。摽梅之年指女子到了出嫁的年齡。

因為這個詞彙對當時尚年幼的我，算是極為艱澀、前所未見的成語，所以我在不經意間就記了起來，而迄今仍烙印在我的腦海裡。我甚至還能回想起那一頁字典，那略顯泛黃的紙頁、和它有些褪色的字跡。

如今想來，突然感覺有一絲諷刺。我忍不住想著。

櫃檯小姐不知道什麼時候結束了那邊的介紹，滿心歡喜地朝我走過來，開口道：「這位小姐，您喜歡這款戒指嗎？這款戒指上頭鑲的是一克拉鑽石喔！但您可別看它小，這顆鑽石的切工可是目前最受歡迎、被業界廣為推崇的『梅花鑽』。」

我聽得一頭霧水，抬起頭來，重複了一次：「梅花鑽？」

小姐笑容更燦爛了，「是的。鑽石會如此美麗，取決於它的『明亮度』，而影響鑽石明亮度的分為自然因素與人為因素。自然因素通常是無法改變的，所以如果想讓鑽石表現出最佳的『明亮度』，就必須倚賴人為因素——鑽石切工。『梅花鑽』算是近年才設計出的新式切工，是業界一大的創新和突破。『梅花鑽』能讓鑽石顯現出更多色散、在顯微鏡下形成完美的梅花形。」

櫃檯小姐說了一長串，我覺得要理解有些困難，也就沒太在意，對她露出禮貌的微笑，說道：「謝謝妳，但我不太需要。」

于蘋學姊走到我身邊，攬住我的肩膀，微笑地問：「曉梅，妳也想買些什麼嗎？」她看到我正停在鑽戒前，又接著問道：「哦？想挑鑽戒嗎？」

我搖搖頭，「其實，我今天只是想來挑給詠絮的結婚禮物。我想說，應該買個項鍊或耳墜什麼的就好。嗯……至於我自己就不用了，更別提什麼鑽戒了。」我不禁揚起苦笑。

雖然這年頭，女性自己買鑽戒送給自己已經不稀奇了，但戒指對我來說，果然還是結婚時才需要的奢侈品。

于蘋學姊明白我的古板想法，露出無奈的笑容，「好吧，真拿妳沒辦法。我要的飾品已經挑好了。我跟妳一起挑禮物吧？」

最後，我們倆在櫃檯小姐的親切介紹下，合買了一對設計簡單典雅的情侶項鍊，決定作為結婚賀禮送給宋彌恩和詠絮。

從首飾店出來後，我心情始終有些難以平復。並不是傷心或難過，只是一種隱約的哀傷。我再次意識到，自己的年紀已經不小了。

我和于蘋學姊坐在一家咖啡廳裡消磨時間，她似乎看出了我的沮喪，微微一笑，「妳怎麼啦？」

我皺起眉頭，本來還有些遲疑，但一看見于蘋學姊那多年來不曾改變的溫柔微笑，我就不禁卸下了心防。

我苦笑，「雖然我總覺得單身很輕鬆、也很滿足現狀，但一看到身邊又有人要出嫁了，心中不免有點感嘆。」

于蘋學姊啜了一口咖啡，不疾不徐地答道：「這我倒不意外。其實我總覺得，曉梅妳的心裡住了一個小女孩。」

我詫異地望著她，「怎麼說？」

她放下咖啡杯，笑得燦爛，「雖然妳已經三十歲啦，但是個性還是像個小女孩一樣橫衝直撞的——從高中那時候就沒變過。妳能很清楚分辨自己喜歡的、和自己不喜歡的，好像從來沒有『將就』這回事。最明顯的例子大概就是方寅那件事吧？一旦被妳討厭了就是被妳討厭了，絕沒有第二條路。」學姊朝我擠眉弄眼的，補充道：「現在我們熱音社想要聚會，都還得顧慮妳、把方寅隔得遠遠的，免得他一出現就被妳狠揍一頓。」

一聽到學姊提起方寅，我不禁一陣好笑，「那種事就別提了，真是煞風景。」

「妳看。」學姊露出看好戲的表情，「都高中畢業多久了，妳到現在聽到他的事還是一副隨時要衝去揍他的樣子。」

我噗哧一笑，緊接著又問：「但這跟我感嘆的事有什麼關係啊？」

「既然妳心裡住了一個小女孩，那代表妳也依舊很天真爛漫呀。」學姊笑得瞇起了眼睛。

我納悶地望著她，不明白她是什麼意思。

「現在跟妳同齡的人呀，很多都是閃婚族。其實不是什麼『一見如故』、『相見恨晚』，更不是什麼『命中注定』。有時候，只是覺得對方適合婚姻，彼此感情平平淡淡的，也許可以陪伴自己安然地度過下半輩子，所以就結婚了。」于蘋學姊又拿起咖啡杯，啜了一口。

她抿抿唇，繼續說道：「但妳不一樣。雖然妳大概不這麼想，但我覺得妳應該是『寧缺勿濫』的那種人——無論彼此處得多安穩，妳都不想安於現狀，因為對方給不了妳心動的感覺、滿足不了妳對愛情的憧憬。所以，我才說妳心裡還住了一個小女孩，嚮往童話故事書裡的那種愛情。」

聽了學姊這段話，我不禁回想起自己的前幾段戀情。的確，我會向對方提起分手，並不是因為劈腿、不是因為爭吵、不是因為厭煩，就只是因為太平淡了，平淡到我覺得不如做回朋友會更輕鬆。

「……似乎是這樣吧。」我皺起眉頭，語氣沮喪地說。

「妳這樣的個性沒有不好呀，只是實現的難度比較高。」學姊悠悠地說。

突然，「不過，誰說到了這年紀就不會有這種戀愛呢？」學姊話鋒一轉，語氣歡快。

我抬起頭，驚訝地望著她。

「我只能祝福妳能找到那個人了。」于蘋學姊對我微微一笑，「不然還能如何呢？」

是啊，不然還能如何呢？

——那就找吧。反正就算沒找到，就繼續像現在這樣一個人也很好啊。

我感覺豁然開朗，全身似乎又被灌滿了力氣。

傍晚時，于蘋學姊的老公過來接她回家。我和學姊微笑道別。

我又在咖啡廳坐了一會兒，過了晚餐時間才慢悠悠地收拾東西、準備回家。

一推開咖啡廳的門，迎面撲來的就是一股濕冷的氣味。我這才發現下雨了。雖然還只是毛毛雨，卻有逐漸加大的趨勢。

糟糕，我沒有帶雨傘啊！我一邊想著，一邊站在門口，困窘地左顧右盼。

最後，經過內心的天人交戰，我決定要一路跑回家。我下了階梯、邁開腳步，閉上眼睛就往前衝。

猛然一撞，我第一個感知到的是冰涼卻乾燥的布料。然後，我的鼻子傳來一陣劇痛，我驚呼了一聲，摀著自己的鼻子倒退了幾步。

我揉著自己的鼻子，慢慢睜開眼睛——

我撞入了一雙深邃有神的眼眸裡。男人詫異地望著我，然後慢慢漾開笑意。

他一手撐著雨傘，一手覆在背後，似乎是怕我撞上。

我尚未回神，就聽見他醇厚的嗓音傳來：「……還好嗎？」他的聲音既柔和，卻又低沉。而他渾身散發出誠懇、認真且文雅的氣質。

「沒、沒事。」我莫名感到一陣心虛，低下頭小聲地說。

彼此沉默了一陣子，我才緩緩地抬起眼，只見他在自己的提袋裡翻找著什麼。

不過半晌，他便抽出了一支摺疊傘。他噙著淺笑，說道：「這是我怕自己哪天忘記帶雨傘，備在包包裡的。沒想到竟然派上用場了。」

我愣然地望著他，眨了眨眼睛。

他把折疊傘遞給我，「借妳吧，這雨越來越大了。像妳這麼漂亮的女孩子，淋成落湯雞可就不好了。」即使說著這種話，他的眼神依然是誠懇溫和的。

我驚訝地睜大眼睛，「不不不！我怎麼好意思？如果借我了，我該怎麼還啊？」

男人微微一笑，眉眼間閃動著笑意。我心中驀地顫了一下，這是一股陌生的、遙遠的感受……伴隨這樣的異樣，我感覺自己雙頰發熱、心跳也跟著變得急促。

「我是這家店的店長。」他淺笑道，「妳要還傘的話，就直接到這間店裡找我吧。」

我接過他手中的傘，吶吶地說：「謝、謝謝你……那請問，我甚麼時候過來比較方便呢？」我心想，他既然是店長，應該不必每天來店裡，如果我要把傘還他，勢必得知道他什麼時候會來。

「天氣冷的時候吧。」男人說著就輕聲笑了起來。

我詫異地望著他，「……什麼？」

「天氣冷的時候，我就在這裡等妳來還傘。」

「為什麼……是天氣冷的時候？」我問。

「因為店裡暖和。」他說，「如果是天氣冷的時候來，妳大概會在店裡待比較久吧。」他露出輕淺的一抹笑意。

我愣了一下，心跳似乎變得更快了。

我別過目光，匆匆地說了一句「謝謝」便撐開了傘，慌忙地邁開腳步——

直到走了一段距離，我才終於敢回頭。那個男人已經轉過身子、踏上了階梯。他的背影，在我的目光裡留下一陣暈影。

沒來由地，我揚起了微笑。我從沒像此刻一樣，感覺自己的心臟跳動得如此深刻。

也許我的人生從一開始就平淡無奇。

但我依然等待會有那麼一個人，讓我的生命獲得襯托、獲得輝映、獲得光芒……使我成為，最美麗也最耀眼的「梅花鑽」。

氤氳的水霧之中，我看見那男人輕輕地回眸。他的目光似水，緩慢卻溫柔地流入我的心中……

或許今年的冬天太溫暖，推遲了春季的來臨——但我知曉，那屬於我的季節，它終會到來。

摽梅之年。

番外三　求婚記

在和宋彌恩交往很多很多年後的某一陣子，張詠絮有一種隨時都會被求婚的預感。

倒不是因為宋彌恩有暗示什麼，而是她身邊的朋友一個個都嫁掉了，連那個看似忙於事業沒空經營家庭的于蘋學姊，年底的時候也結婚了。這讓她感到很震驚。

而隨著這波結婚潮，身邊的朋友也都若有似無地想探知張詠絮跟宋彌恩什麼時候會結婚。當然，每到農曆新年，也免不了要被親戚的「哎呀妳什麼時候要結婚呢」、「詠絮啊妳跟那個小男生交往多久啦」、「聽說去年誰誰誰結婚啦，什麼時候讓我吃到妳的喜酒呀」、「妳也年紀不小啦趕快定下來吧」……諸如此類有點令人難以招架的提問砲轟。

我爸媽都沒說話了呢你們瞎忙什麼。詠絮每一次都在心裡吐槽。

有一天，張家一家人坐在餐桌上一邊吃飯、一邊看新聞時，新聞剛好在報導宋慧喬和宋仲基結婚的重量級消息。

這時，老爸突然問起了：「那傢伙還沒什麼表示嗎？」

張詠絮聽得霧煞煞，「誰？什麼表示？」她茫然地問。

「姓宋的那位。」老爸的聲音聽起來似乎有點不耐煩。

張詠絮聽得更茫然了，「宋仲基嗎？聽說他買了一棟豪宅給宋慧喬啊。」

老爸突然重重拍了一下桌子，心不甘情不願地說：「我是說宋彌恩！」

哇，交往這麼多年以來，張詠絮第一次聽到老爸喊出宋彌恩的全名！

「哦，原來是說他喔。不過什麼表示？他要表示什麼？」張詠絮問。

「求婚啦、求婚。」老媽終於看不下去，在旁邊解釋道。

張詠絮整個人傻住，「沒有啊……幹嘛沒事突然求婚？」

「都交往這麼多年了還不求婚？他是不是根本沒有想對妳負責的意思啊！這男人有沒有擔當！」老爸氣呼呼地說。

負責什麼啊……又不是被搞大肚子了。張詠絮下意識摸了摸自己的小腹，除了贅肉什麼都沒有。她和宋彌恩安全措施做得很好應該不會發生這種意外的……等等，話題跳太遠了。

最後這頓飯在老爸的獨自憤怒中畫下句點。而詠絮回到自己的房間後，也忍不住想著宋彌恩到底是怎麼想的？

掐指算了一下，從她高二和宋彌恩交往到現在，竟然也快十四年了！

她只覺得跟宋彌恩相處一直都很快樂，完全沒想過結婚這件事，有親戚或朋友問起她也都當耳邊風。可是那個向來不太喜歡宋彌恩的老爸一問起，事情好像就有了一點變化。

如果真的結婚……好像也不錯啊。反正現在他們對彼此瞭如指掌，除了沒有住在一起以外根本就跟老夫老妻沒什麼兩樣。

但宋彌恩從來沒提過這件事。該不會真的像老爸說的，他完全沒打算要結婚吧？

沒想到隔天，宋彌恩就約她晚上去山上看夜景。

天哪，一定事有蹊蹺。宋彌恩才不會沒事約她晚上出門。

不知道是心理作用還是真有其事，從宋彌恩到樓下接她、發動車子、在高速公路上奔馳……張詠絜總覺得他好像很緊張的樣子，一直在閃避眼神，而且時不時一直伸手摸自己的口袋。

該不會就是今天要求婚了吧？張詠絜在心裡想，害她自己也開始緊張起來。她今天的頭髮亂糟糟的，被求婚的日子怎麼能不漂漂亮亮的啊！

就這樣一路上，彼此各懷心事，沒什麼說話。

走了一段路，他們終於看見夜景。一片無限廣闊的土地上，無數住家燈火通明，在一片黑暗裡交織成一片閃爍的星河。

張詠絜看得痴了，靜靜地微笑著。宋彌恩一手攬著她的肩膀，然後一手從口袋裡掏出戒指盒。

張詠絜當然瞥見了，她緊張得全身都在冒汗，心臟撲通撲通地跳著，內心像是有無數小鹿撞過去再撞過來。

然而，她僵硬了很久，宋彌恩卻始終沒有下一步動作。他手裡握著戒指盒，都已經打開了、露出裡面的戒指，他依舊動也不動，沉默地看著那枚戒指。

張詠絮乾脆直接看向他，他卻只是低垂著頭，耳根子紅得不像話，緊抿著唇不發一語。

十分鐘過去了，他依舊沉默。

二十分鐘過去了，他依舊沉默。

三十分鐘過去了，宋彌恩突然深吸了一口氣，詠絮以為他要說話了——最後他依舊沉默。

……終於，一小時過去了，張詠絮的耐心也被耗盡了。她把戒指盒一把搶了過來，宋彌恩嚇了一大跳，驚愕地望著她。

「你是要跟我求婚嗎？」詠絮冷冷地問。

宋彌恩呆呆地眨了一下眼睛，然後用力點點頭。

張詠絮二話不說，把戒指拿出來，套在自己的無名指上，然後轉頭對宋彌恩說：「好了。我願意嫁給你喔。」

宋彌恩先是一陣呆滯，然後眼底湧出了感動的情緒。他一把抱住張詠絮，哽咽地說：「真、真的嗎？妳真的要嫁給我嗎？」

「對啦、對啦。」張詠絮被他這麼一抱，倒有點不好意思了。

「我會每天做飯給妳吃、我會每天洗衣服、我會每天掃地、我會每天拖地板、我會每天擦窗戶——我也會每天都愛妳，永遠愛妳。」

張詠絮聽了雖然很感動，但還是忍不住說：「喂喂，你的順序是不是反了啊！這種話就要先說再求婚嘛……」明明甜言蜜語就說得很好，幹嘛剛剛硬是不說話？

宋彌恩把臉埋在她的肩上，悶聲說道：「不、不一樣嘛……我很緊張啊！人生第一次求婚耶……」

拜託，要是他是第二次求婚還得了？她已經懶得吐槽他了。

不過，看他可愛，只好原諒他了。

張詠絮嘆了一口氣，「好吧，反正我願意嫁你啦。」

宋彌恩忽然扶著她的肩膀，和她挪開了距離。他笑嘻嘻地對她說：「詠絮，我愛妳。」

詠絮噗哧一笑，也說了一句：「好啦，我也愛你。」

最後，他們在城市的燈火中吻了彼此。

——雖然從我們相識至今，有太多事情沒有按照順序來，但那又怎麼樣呢？最終的此刻，我們仍然在一起，幸福相依。只要這樣就夠了。

〈全文完〉

要青春66　PG2004

要有光
FIAT LUX

戀人吐絮

作　　者　沾　零
責任編輯　林昕平
圖文排版　周妤靜
封面設計　蔡瑋筠

出版策劃　要有光
發 行 人　宋政坤
法律顧問　毛國樑　律師
印製發行　秀威資訊科技股份有限公司
114台北市內湖區瑞光路76巷65號1樓
電話：+886-2-2796-3638　傳真：+886-2-2796-1377
http://www.showwe.com.tw
劃撥帳號　19563868　戶名：秀威資訊科技股份有限公司
讀者服務信箱：service@showwe.com.tw
展售門市　國家書店（松江門市）
104台北市中山區松江路209號1樓
電話：+886-2-2518-0207　傳真：+886-2-2518-0778
網路訂購　秀威網路書店：https://store.showwe.tw
國家網路書店：https://www.govbooks.com.tw
總 經 銷　聯合發行股份有限公司
231新北市新店區寶橋路235巷6弄6號4F
電話：+886-2-2917-8022　傳真：+886-2-2915-6275

出版日期　2020年5月　BOD一版
定　　價　320元

Printed in Taiwan

國家圖書館出版品預行編目

戀人吐絮 / 沾零著. -- 一版. -- 臺北市 : 要有光,
2020.05
面； 公分. -- (要青春 ; 66)
BOD版
ISBN 978-986-6992-44-5(平裝)

863.57 109004397

讀者回函卡

感謝您購買本書，為提升服務品質，請填妥以下資料，將讀者回函卡直接寄回或傳真本公司，收到您的寶貴意見後，我們會收藏記錄及檢討，謝謝！

如您需要了解本公司最新出版書目、購書優惠或企劃活動，歡迎您上網查詢或下載相關資料：http:// www.showwe.com.tw

您購買的書名：________________________________

出生日期：________年________月________日

學歷：□高中（含）以下　□大專　□研究所（含）以上

職業：□製造業　□金融業　□資訊業　□軍警　□傳播業　□自由業

□服務業　□公務員　□教職　□學生　□家管　□其它_____

購書地點：□網路書店　□實體書店　□書展　□郵購　□贈閱　□其他

您從何得知本書的消息？

□網路書店　□實體書店　□網路搜尋　□電子報　□書訊　□雜誌

□傳播媒體　□親友推薦　□網站推薦　□部落格　□其他__________

您對本書的評價：（請填代號　1.非常滿意　2.滿意　3.尚可　4.再改進）

封面設計____　版面編排____　內容____　文／譯筆____　價格____

讀完書後您覺得：

□很有收穫　□有收穫　□收穫不多　□沒收穫

對我們的建議：________________________________

____

____

____

請貼
郵票

11466
台北市內湖區瑞光路 76 巷 65 號 1 樓

秀威資訊科技股份有限公司 收

BOD 數位出版事業部

....

（請沿線對折寄回，謝謝！）

姓　　名：________________ 年齡：________ 性別：□女　□男

郵遞區號：□□□□□

地　　址：____

聯絡電話：(日) ________________ (夜) ________________

E-mail：____